dtv

So kann für einen kleinen Jungen der schönste Tag aussehen: Robin, dem es an nichts im Leben fehlt außer an Zuwendung, ist glücklich in Begleitung eines Schwerverbrechers, der sich nach einem wundersam überstandenen Flugzeugabsturz rührend um ihn kümmert. Ein anderer wird zufällig Zeuge beim Zusammenbruch eines Mannes und überbringt ahnungslos der Witwe ein sehr wertvolles Vermächtnis. Eine junge Tänzerin findet beim Sprung in die Seine nicht den beabsichtigten Freitod, sondern die große Liebe …

Isabella Nadolny wurde am 26. Mai 1917 als Tochter eines aus Moskau stammenden Malers in München geboren. Sie lebt heute als freie Schriftstellerin und Übersetzerin am Chiemsee.

Isabella Nadolny

Der schönste Tag

Geschichten

Deutscher Taschenbuch Verlag

Von Isabella Nadolny
sind im Deutschen Taschenbuch Verlag erschienen:
Ein Baum wächst übers Dach (1531)
Providence und zurück (11392)
Seehamer Tagebuch (dtv großdruck 2580)
Vergangen wie ein Rauch (dtv großdruck 25167)

Ungekürzte Ausgabe
Oktober 1982
4. Auflage Mai 2003
Deutscher Taschenbuch Verlag GmbH & Co. KG,
München
www.dtv.de

Umschlagkonzept: Balk & Brumshagen
Umschlagbild: ›L'Automne‹ (1966) von Germaine Lacaze
(© VG Bild-Kunst, Bonn 2003)
Gesamtherstellung: Druckerei C. H. Beck, Nördlingen
Gedruckt auf säurefreiem, chlorfrei gebleichtem Papier
Printed in Germany · ISBN 3-423-25191-3

Meinen Freunden

Inhalt

Der schönste Tag

Robin lehnte sich in seinem Sitz zurück und verschränkte die Arme geduldig vor der Brust. Nach einer Stunde wurden alle Flugreisen uninteressant, weil man durch die winzigen Fenster nichts sah. Und mit sechs Jahren, bald sieben, hatte man auch schon genügend Flüge hinter sich, um sich nicht mehr für all die Knöpfe, Hebel und Riegel zu interessieren, oder sich vorzustellen, man sei selbst der Pilot. Er seufzte und schielte seitwärts zu Miß Pratt, die Pfefferminztabletten lutschte. Erst nach einer ganzen Weile würde sie ihm erlauben, die Bilderbücher aus der karierten Plaidtasche zu nehmen, weil sie der Ansicht war, er verdürbe sich die Augen. Sie selbst schien in ihrer Jugend viel gelesen zu haben: sie trug eine Brille.

Robin schloß die Augen und versuchte sich auszumalen, wie sie ankamen, wie Mami sich freute und wie erstaunt sie sein würde, daß er so gewachsen war. Ob sie merken würde, daß er den gräßlichen Anzug trug, den sie zu Weihnachten geschickt hatte? Der kratzte überall.

Robin sah sich um. Die wenigen anderen Passagiere waren heute auch uninteressanter als beim letzten Flug nach Hause. Wenn Miß Pratt erst einmal ein Gespräch mit den Mitreisenden anfing, gab es sicher eine Gelegenheit, etwas durch die Maschine zu bummeln, zu lächeln und Bonbons geschenkt zu bekommen.

Robin war sich der Wirkung seines Lächelns bewußt. Er war ein hübscher Junge von natürlicher Liebenswürdigkeit und hörte ziemlich geduldig zu, wenn eine alte Dame mit bläulich gefärbtem weißem Haar ihn an sich zog und ihm von ihren Enkeln erzählte.

Selbst die Stewardeß war diesmal langweilig: sie sprach mit ihm, als sei er vier, indem sie sich tief zu ihm niederbeugte und die Hände vor den Knien ineinanderlegte.

Nur eines interessierte Robin: Was war mit dem Mann links vorne los, der so sonderbar regungslos und ungeschickt dasaß und bis zur Brust in eine Decke eingehüllt war? Er hatte schon, als Robin mit Miß Pratt einstieg, in der Maschine gesessen, und mit ihm sein Begleiter, ein Herr unbestimmbaren Alters in dunklem Anzug, der nie lächelte, auch dann nicht, als Robin versehentlich über seinen Fuß stolperte. Dieser ernsthafte Mann nahm auch alles entgegen, was die Stewardeß brachte, als hätte sein

Schützling keine Hände. Nach langem Nachdenken kam Robin zu dem Schluß, daß er eine Art Krankenwärter sein müsse. Eine kleine Weile später stahl sich Robin unter einem Vorwand an Miß Pratt vorüber – sie las gerade etwas Spannendes – und betrachtete sich das merkwürdige Paar von vorne. Der dunkelgekleidete Herr las in einer Zeitung, und Robin ließ seine Augen so ungeniert, wie es eben noch artig war, auf dem interessanten Kranken herumwandern, der angestrengt zum Fenster hinausschaute, als gäbe es dort etwas zu sehen. Er war ein schwerer massiver Mann mit einer flachen, etwas eingedrückten Nase, buschigen Brauen und einem Kranz von gemütlichen Fältchen um die Augen. Er war sehr blaß. Robin, der meinte, nun von Miß Pratt und dem Krankenwärter unbeobachtet zu sein, zeigte sein strahlendstes Lächeln und konnte es kaum erwarten, daß in dem Gesicht des großen Mannes eine Antwort aufleuchtete. Der blinzelte zuerst, ein bißchen verlegen, sein Blick huschte rechts und links an Robin vorbei, dann kniff er das rechte Auge zu und lächelte zurück. Dabei gab er seinem Kopf einen kleinen, fast unmerklichen Ruck, als wolle er damit andeuten, daß Robin wieder auf seinen Platz gehen solle, und als sei der ganze Vorgang ein Geheimnis zwischen ihm und Robin. Robin war sehr verblüfft, wandte sich aber nach kurzem Zögern ab und stieg wieder über Miß Pratts Beine zu seinem Fensterplatz. Er hatte bald über Wichtigeres nachzudenken, zum Beispiel darüber, ob ihn das Pony wohl noch erkannte, wenn er kam, und ob der Chauffeur noch der gleiche war. Mami wechselte ihre Chauffeure so oft. Robin konnte nicht verstehen, wie jemand so Reizendes und Schönes wie Mami so unruhig sein und soviel hin und her fahren konnte. Wenn er Miß Pratt fragte, warum er nicht zu Hause leben und dort irgendwo in die Schule gehen konnte, hatte sie immer so unbefriedigend geantwortet und so innige, verständnisheischende Reden geführt, daß es ihm peinlich war, überhaupt gefragt zu haben. Da war Jamie aus seiner Klasse besser, Jamie mit den vielen Sommersprossen, der auf seine besorgten Andeutungen wegen Mami überlegen geäußert hatte, Filmschauspielerinnen seien nun einmal so, ja sie müßten so sein. Es war ein schwacher Trost, aber immerhin ein Trost, den Robin anerkannte.

Die Bücher mit den vielen Bildern waren diesmal auch langweilig. Außerdem war er schrecklich müde. Ob das von der Tablette kam, die Miß Pratt und er im Hotel eingenommen hatten, damit ihnen während des Fluges nicht übel würde? Robin gähnte und beschloß, über die vor sich hin dösende Miß Pratt hinwegzusteigen und die Stewardeß in ihrer Pantry zu besuchen, so hieß das kleine Kabuff, in dem sie alles herrichtete, was dann nach vorne getragen wurde. Vielleicht spielte sie mit ihm Verstecken, so wie die andere Stewardeß damals, als er in die Weihnachtsferien geflogen war. In der kleinen Kabine neben der Toilette, in der die vielen Schlafdecken für die Nacht aufbewahrt wurden, entdeckte sie ihn bestimmt nicht gleich.

Die Stewardeß war nicht zum Spielen aufgelegt. Doch sie versprach auf Robins höfliche Bitte, ihn dann sofort zu suchen, sie müsse bloß noch einmal nach vorn. Robin verschwand in den kleinen Verschlag des Gepäckraumes, wikkelte sich in alle Decken, die er fand, und zog noch einige über sich. Ihm wurde warm und wohlig in diesem Nest. Nach einer Weile war es ihm nicht mehr so wichtig, gefunden zu werden. Gewiegt vom Dröhnen der Motoren schlief er ein und fiel in wirre, unruhige Träume. Er träumte, daß etwas Bedrohliches und Ungeheuerliches mit ihm geschah, fühlte sich gehoben, geschleudert, wobei er sich die Stirn anschlug, hörte Splittern, Krachen und ferne Schreie. Als er erwachte, tönte ihm ein Nachhall im Ohr, der Nachhall eines furchterregenden Geräusches wie von zerschlissener Seide. Mühsam versuchte er, sich auf die andere Seite zu wälzen. Er war noch so müde. Wahrscheinlich war das Bild, das immer über seinem Bett hing, auf ihn heruntergefallen, wie schon einmal. Dann kam er zu dem Schluß, daß er wieder krank sein mußte: der Kopf tat ihm scheußlich weh, er hatte Herzklopfen, das hohl und unheimlich durch eine Stille klang, die es am Tage und bei Licht gar nicht gab. Schließlich bekam er den Kopf frei aus den rauhen Decken. Das erste, was er vermißte, war ein Geräusch, er wußte nur nicht welches. Sicher hatte er wieder hohes Fieber, und die sonderbare kalte Luft, die über sein Gesicht strich, stammte aus dem nassen Schwamm, den sie ihm auf die Stirn gelegt hatten. Die Stille war das Schlimmste, nicht einmal eine Uhr auf dem Nachttisch tickte. Er wünschte sich dringend, daß jemand Licht machte.

»Miß Pratt!« rief er.

Und noch einmal, leiser: »Miß Pratt!«

Vielleicht waren sie in einem Hotel oder so etwas, wo man nachts nicht so laut rufen durfte.

Niemand antwortete. Robin merkte, daß er nicht im Bett lag und daß er auf seinem untergeschlagenen rechten Bein saß. Der Fuß war eingeschlafen und kribbelte. Er richtete sich auf und riß die Augen so weit wie möglich auf. Nein, es war nicht ganz dunkel. Ein graues Licht schien von irgendwoher, ein breiter Streifen graues Licht, und hoch über ihm funkelte ein Stern. Erschreckt kniff Robin die Augen wieder zu. Es konnte unmöglich richtig sein, daß er im Freien war. Wie oft hatte Miß Pratt gesagt, daß ein kleiner Junge nachts in sein Bett gehört, und nicht, wie Robin es sich für seine Pfadfindertour glühend wünschte – in den Wald.

Robin versuchte zu ergründen, was die in großer Höhe schwankenden Zweige, deren Umrisse gegen den grauen Lichtstreifen gerade noch zu erkennen waren, bedeuten konnten, aber eine unangenehme Angst, ähnlich wie schlechtes Gewissen, lähmte ihn.

Nein, er wollte nicht nachdenken. Wenn er nachdachte, würde er irgend etwas Schreckliches entdecken. Er wollte lieber wieder einschlafen. Miß Pratt hatte so oft gesagt, Robin solle nur sein Nachtgebet sprechen und einschlafen, dann werde bis zum Morgen alles von selber wieder gut. In diesem einen Punkt hatte Miß Pratt vielleicht sogar recht.

Robin grub sich tiefer in seine Decken und murmelte hinter geschlossenen Zähnen ›Müde bin ich, geh zur Ruh‹ bis zum Amen. Dann lauschte er noch einmal, leichteren Herzens, auf die Stille, die sich nun mit seiner Zuversicht belebte, und unterschied das Knistern von Zweigen, das Fallen von Tropfen und ein fernes Rauschen oder Wehen. Darüber schlief er ein.

Er erwachte frisch, fast vergnügt und strampelte sich aus seinen Decken in eine Flut von Licht. Die Stimmen der Nacht hatten sich in den Jubel von Hunderten von Vögeln verwandelt, einer saß sogar ganz nah. Er war groß und bunt, und Robin richtete sich vorsichtig auf, um ihn nicht zu verscheuchen. Die Stirn tat ihm immer noch weh, es stach ein wenig darin, und er hob die Hand, um sie zu befühlen. Dabei flog der Vogel auf, und Robin sah sich den Platz an, auf dem er stand. Es war eine Art Lichtung unterhalb großer, vom Morgenlicht golden angestrahlter Felswände, rings von hohen Bäumen umgeben. Ein Weg war nirgends zu entdecken, wer wollte, konnte den großen Hang zwischen den Bäumen hinunterklettern. Drunten rauschte ein Bach oder Fluß.

Als Robin sich umwandte, erblickte er jenseits der Lichtung Gegenstände, die ihn regungslos innehalten ließen. Es waren riesige, verbogene und verbeulte Blechteile von irgend etwas, das vielleicht einmal ein Flugzeug gewesen war. Mit angehaltenem Atem ließ Robin seine Augen wandern und entdeckte, über die ganze Lichtung verstreut, seltsame Stücke und Bündel, vor denen ihn eine unbegreifliche Angst überfiel. Ihm war, als richte sich zwischen der auf diese Weise verunstalteten Lichtung und ihm eine Mauer auf, die zu übersteigen nicht ratsam war.

Er steckte die Hände in die Taschen und stieß dabei auf die kleine Schokoladentafel mit dem bunten Bild darauf, die er sich damals – wann war es nur – gestern? – in der Hotelhalle gekauft hatte. Er zog sie heraus und besah sie genau. Sie war ein bißchen weich geworden, weil er darauf gelegen hatte, aber das Bild war tadellos und wie neu: Die Bremer Stadtmusikanten, alle vier. Beim Anblick der bunten Tiere schlug Robins Herz ruhiger. Es würde sicherlich alles bald wieder in Ordnung kommen. Das Flugzeug war einfach heruntergefallen, und er mit. Die Insassen hatten ihn vergessen und waren weggegangen. Sie kamen bestimmt wieder, um ihn zu suchen. Miß Pratt und Mami würden Leute schikken, die ihn suchten. Einstweilen konnte er sich ja hier etwas umsehen.

Um eine geheime kleine Angst in der Tiefe seines Herzens zu betäuben, trat er besonders forsch auf, überlegte, ob er die Decken auseinandernehmen und ordentlich zusammenfalten sollte, beschloß dann, daß es unter so außergewöhnlichen Umständen nicht nötig sei, und setzte sich in Richtung auf den Hang zum Fluß in Bewegung. Er hielt sich ganz am Rande der Lichtung und machte einen weiten Bogen um die Blechteile und stillen, grauen Bündel aus Stoff. Einige Schritte lang war er ein neugieriger, vergnügter Junge, der über den Nadelboden rutschte, Ameisen betrachtete und ein Steinchen nach ihnen warf. Dann ließ eine Bewegung auf der Lichtung ihn innehalten. Es blitzte etwas in der Sonne neben einem der hoch in die Luft hinausragenden verbogenen Metalldinger, und Robin erkannte eine Gestalt, die sich langsam bewegte.

Es waren also doch nicht alle Leute weggegangen.

Robin stieß in einem langen Atemzug der Erleichterung die Luft aus. Gleich würde auch Miß Pratt zum Vorschein kommen und ihn rufen. Er fand es fast etwas früh und wäre gern noch allein auf Entdeckungsreisen gegangen. Er kauerte sich hinter einen dornigen Strauch und beobachtete die Lichtung scharf, so scharf, daß ihm die Augen zu tränen begannen. Die Gestalt verschwand im Rumpf des kaputten Flugzeugs. Es wurde ganz still. Nichts rührte sich mehr. Doch, dort drüben. Nein, es war nur ein Stück Stoff, das im Winde flatterte. Niemand kam, niemand rief. Robins Herz begann zu klopfen.

Er würde doch lieber gleich zu den anderen zurückkehren, wenn sich einer zeigte, und die Entdeckungsreisen sein lassen. Natürlich würde er niemandem sagen, wie unheimlich ihm zumute gewesen war, nicht einmal Jamie.

Die Gestalt trat nun wieder aus dem verbeulten Blechgehäuse. Es war ein Mann in Hemdsärmeln. Vorsichtig über einiges hinwegtretend, das Robin nicht sehen konnte, packte er sein Bündel zusammen, das er sich mit hastiger Bewegung auf die Schulter schwang, und kam durch das niedere Gestrüpp geradewegs auf Robin zu. Robin erkannte, daß es der kranke Mann war, der so still gesessen hatte.

Plötzlich überfiel ihn das brennende Verlangen, ihn noch einmal lächeln und mit dem Auge zwinkern zu sehen, mit ihm zu sprechen und von ihm zu erfahren, wo die anderen hingegangen waren. Er richtete sich zu voller Höhe auf, um ihm entgegenzugehen. Dabei sah er, daß das

Hemd des Mannes zerrissen war, daß er am Halse blutete und daß von einem Metallarmband an seinem rechten Handgelenk ein abgerissenes Kettchen baumelte. Robin hatte gerade noch Zeit, sich zu fragen, ob der kranke Mann vielleicht inzwischen gesund geworden war, als dieser ruckartig stehenblieb.

»Hallo«, sagte Robin halblaut. Etwas schnürte ihm die Kehle zu. Ihm war zumute wie damals, als er in den halbverfallenen Steinbruch gekrochen war und der Boden unter ihm nachgab. Siedendheiß wurde ihm klar, daß er den Mann nicht hätte ansprechen dürfen, der augenscheinlich allein und unbemerkt hatte fortgehen wollen. Nun ließ er sein Bündel zu Boden gleiten und tat einen Schritt auf Robin zu. In seinem Gesicht stand plötzlich eine so fürchterliche, kalte Wut, daß Robin zurückwich. Er war noch nie in seinem Leben bedroht worden, und ihm schien alles Böse und Unbegreifliche, das er je gesehen hatte, sich im Gesicht des Mannes zusammenzudrängen. Er öffnete den Mund, um zu schreien, machte eine Bewegung zur Flucht, rutschte aus und von den niedrigen Büschen nicht aufgehalten, ein Stück den Hang hinunter.

Ein Vogel flog zeternd auf, der Wind rauschte hoch oben in den Baumwipfeln, als sei er ein

Echo auf das Rauschen des Flusses, den man nicht sah. Dann war es still bis auf ein fürchterliches Rascheln im dürren Gras ein Stückchen weiter hangabwärts.

Robin hatte eine panische Angst vor Schlangen, und das trockene Rascheln brachte ihn um den Rest seiner Fassung. Alles, was er seit dem Morgen erlebt hatte, entlud sich in einem hemmungslosen Gebrüll. Halb aufgerichtet stützte er sich auf die Hände und schluchzte stoßweise. Die Tränen strömten ihm übers Gesicht und fielen auf seine Brust. Es war ihm jetzt ganz gleich, ob und warum der Mann böse war, die Schlange mußte in seiner nächsten Nähe sein und das verdunkelte jede andere Überlegung. Er rutschte von dem Rascheln weg zu dem fremden Mann hin und streckte die Hand nach ihm aus. Durch Tränenschleier äugte er nach rechts und links, ob irgendwo die Schlange lauerte, und hörte eine barsche Stimme über sich fragen: »Hast du dir weh getan?«

»Nein«, schluchzte Robin und wischte sich mit dem Ärmel die Nase.

»Los, steh auf!« sagte die Stimme. Robin schnüffelte, suchte mit der Linken sein Taschentuch und sah zu dem Mann auf. Es war, als sähe er zum ersten Mal ein menschliches Gesicht.

Die dichten Brauen waren zusammengezogen und bildeten eine Art überhängendes Gebüsch über den tiefliegenden Augen, deren Farbe nicht zu erkennen war. Die Wangen und die Stirn, fahl wie Seife, waren zu abwehrenden Wülsten gefaltet und der Mund auf eine Art zugeschnappt, als fürchte er, beim Öffnen etwas auszuspucken zu müssen. Das einzig Lebendige war eine dicke Ader, die an der Schläfe klopfte. Es war wohl nicht damit zu rechnen, daß der Mann in absehbarer Zeit wieder so blinzeln würde wie damals in dem Flugzeug, an das Robin jetzt so ungern dachte. Er mochte nun auch nicht mehr nach den anderen fragen, die ihn im Stich gelassen hatten, in einer Gegend, in der es Schlangen gab. Robin hatte begriffen, daß der fremde Mann ihn nicht wollte und nicht brauchen konnte, wenn er auch nicht verstand, warum. Trotzdem fand er es ganz natürlich, daß eine große haarige Hand jetzt nach dem Bündel griff und es wieder aufnahm und daß der Mann zögernd stehenblieb, während Robin sich die Knie abklopfte.

»Müssen wir denn nicht ...«, begann er und machte eine Bewegung auf die Lichtung zu.

»Nein«, sagte der Mann kurz, »komm jetzt.«

In seinem Gesicht hatte sich etwas verändert,

ohne daß man genau sagen konnte, was. Er wandte sich brüsk zum Gehen, und Robin trottete hinter ihm drein.

Der schwere Körper des Mannes, der beruhigend nach Stoff, Schweiß und Tabak roch, teilte das Gestrüpp vor ihm, und seine Tritte scheuchten alle Schlangen weg, die da sein mochten. Der Nadelboden war stellenweise sehr glatt, es ging steil hinunter zum Fluß. Die Zweige schnellten zurück und schlugen Robin ins Gesicht. Zweimal rutschte er aus. Beim dritten Mal ging er zufällig an der Seite des Mannes und griff nach dessen schlaff herunterhängender Hand. Eine Sekunde blieb sie leblos, dann schloß sie sich um die seine.

Es war Robin, als sei nun vieles wieder gut, ja eigentlich alles, und die Freude darüber breitete sich sanft und warm in ihm aus, bis hinunter zu den Zehen. Die Vögel sangen viel lauter, Robin konnte sich nicht erinnern, sie vorher gehört zu haben. Der Fluß rauschte nun ganz nah. Robin war gespannt, wie es drunten am Wasser aussehen würde. Einmal sah er einen Strauch mit großen, roten Beeren, auf die er den Mann nicht aufmerksam zu machen wagte, weil der noch immer so finster aussah und so hartnäckig schwieg. Sicherlich tat ihm die Wunde am Halse weh, zu der Robin von Zeit zu Zeit rasch hinauf- und wieder wegblickte.

Der Fluß war überraschend breit und stattlich, er verschwand bald hinter einer waldigen Kurve. Der Mann blieb stehen und sah sich aufmerksam um, ja er stieg sogar auf einen hohen Baum und ließ Robin drunten neben seinem Bündel stehen. Robin konnte nicht anders, er mußte es ein bißchen betasten. Es schienen nur Decken zu sein. Als der Mann wieder heruntergestiegen kam, war ihm nicht anzumerken, ob er den richtigen Weg entdeckt hatte oder nicht. Es mußten ja nun bald Häuser kommen, in denen man essen, schlafen und mit Mami telefonieren konnte. Vorläufig waren sie nicht zu sehen, kein Dach, kein aufsteigender Rauch, nichts als Wald und Felsen zu beiden Ufern des Flusses, der rasch dahinzog und in der Sonne blendete.

Der Mann trat mit großen Schritten in den Uferkies, ließ sich auf ein Knie nieder und wusch sich das Gesicht und sein linkes Handgelenk, in dem sich tiefe, blutunterlaufene Striemen abzeichneten.

Robin zog die Strümpfe aus und hing die Beine ins Wasser, das grausam kalt in die Zehen schnitt. Er schnaufte vor Schreck und Vergnügen und zog sie bald wieder ins Trockene. Dann fühlte er in seiner Tasche nach, holte die Schokolade mit dem Märchenbild heraus und bot sie schweigend und voll zurückhaltendem Stolz seinem Nachbarn an.

Einen Augenblick kam Bewegung in das Gesicht des Mannes. Robin hoffte schon, es würde das Zwinkern daraus werden, nach dem er sich sehnte, doch die buschigen Brauen schoben sich wieder zusammen wie ein Riegel vor eine Tür. Immerhin nahm der Mann ein kleines Stückchen von der Schokolade und dankte undeutlich murmelnd. Mehr wollte er nicht, er mochte wohl nichts Süßes.

Sie blieben am Flußufer. Auf den flachen kiesigen Rändern ging es sich gut, und nur manchmal mußten sie weit über einen Felsblock und durch Tannenhänge kriechen, wo der Fluß sich tief ins Gestein eingegraben hatte. Sie kamen nur langsam vorwärts, oder vielleicht war der Fluß überall gleich. Beim Zurückblicken konnte Robin nicht mehr erkennen, von welchem Hang sie heruntergestiegen waren. Er wollte es auch gar nicht mehr. Es war gut und tröstlich, den vor ihm wandernden breiten Rücken im zerrissenen Hemd anzuschauen und auf das Wasser zu horchen, während man Fuß vor Fuß setzte. Der Mann und er konnten gut Indianer auf dem

Kriegspfad sein, oder Bleichgesichter, die dem Marterpfahl entronnen waren und nun zum Fort zurückkehrten.

Es war Robin gleichgültig, ob dies der richtige Weg war. Irgendwo mußte der Fluß ja münden und dann waren sie am Meer. Am Meer lag auch Mamis Haus, aber vielleicht an einem anderen. Es gab mehrere, das hatte er gelernt. Immerhin – vielleicht gab es eine Verbindung zwischen dem einen Meer und dem anderen.

Der Mann ging schnell. Robin war ganz atemlos und mußte stehenbleiben, um sich den Schweiß abzuwischen und einige Mückenstiche zu kratzen. Da wandte der Mann den Kopf nach ihm. Sein Gesicht war jetzt rot und glitzerte, aber sein Mund sah nicht mehr aus, als müsse er etwas Bitteres probieren. Er blieb sogar stehen, bis Robin ihn eingeholt hatte.

Es geschah ganz plötzlich, daß der Mann sein Bündel fallen ließ und samt Strümpfen und Schuhen in eine seichte Ausbuchtung des Flusses sprang. Ehe Robin begriff, was das werden sollte, hatte er sich nach etwas Schlagendem, Zappelndem gebückt, das ihm immer wieder entwischte, das er aber doch endlich auf den Kies schleudern konnte. Robin stürzte herzu, um sich den großen Fisch anzusehen, und ließ sich neben ihm auf die Knie nieder. Er tippte mit dem Finger auf die sich öffnenden und schließenden Kiemen, und dabei geschah es, daß er einen gehörigen Schwanzschlag abbekam. Er wich erschreckt zurück und setzte sich auf den Hosenboden, und darüber lachte der Mann. Es war ein tief aus dem Leibe kommendes Lachen, das in hustenähnlichen Stößen endete. Robin war so erstaunt über dieses Lachen, daß er nicht den Fisch, sondern den Mann ansah, in dessen Gesicht es arbeitete und zuckte, als solle ein Weinen daraus werden, während das Gelächter weiterging. Robin stimmte mit ein und fuhr sich mit dem Ärmel übers Gesicht.

»Hoho«, sagte der Mann zu dem Fisch, »so einer!« Er lachte noch ein letztes Mal auf, ehe er ihn ergriff und ihm mit einem Stein den Kopf zerschlug.

»Wie hast du ihn so plötzlich gekriegt?« fragte Robin bewundernd und kam wieder auf die Füße.

»Er war verletzt«, sagte der Mann, »da, schau her.« Robin sah die Wunde, die wie ein schartiger Mund in der zartfarbenen getupften Haut des Tieres klaffte. Der Mann wandte den Fisch hin und her und sagte: »Wenn wir jetzt ein Messer hätten ...«

Robin errötete vor Freude und kostete den Augenblick bis zur Neige aus, ehe er antwortete: »Du hast wohl keines?«

»Nein«, sagte der Mann trocken, »das haben sie mir abgenommen.«

»Aber ich«, sagte Robin und versuchte, seiner Stimme etwas Männlich-Wurstiges zu geben, »ich habe eines, es ist nur ziemlich klein.«

Er zog es aus der Hosentasche. Es war mit Perlmutter eingelegt und trug als Inschrift einen Gruß aus einem Badeort.

»Gib her«, sagte der Mann und schnitt den Fisch auf, aus dessen Bauch Eingeweide quollen.

»Wie heißt du eigentlich?« fragte Robin, ohne die Augen von den Händen des Mannes zu wenden, die nun blutverschmiert und schuppig im Inneren des Fisches wühlten und rupften.

Der Mann räusperte sich, als müsse er es sich überlegen.

»Tom!« sagte er dann.

»Ich heiße Robin«, meinte Robin beiläufig. »Wollen wir ihn braten?«

»Ja. Kannst du Reisig zusammensuchen?«

»Hast du Streichhölzer?«

»Nein, ein Feuerzeug.«

Robin stürzte begeistert ins Gebüsch. Es war hier so trocken, hier kam bestimmt keine

Schlange jemals her. Er war ganz davon erfüllt, daß er jetzt ein Trapper war, der sein Lagerfeuer errichtete, da fiel ihm Miß Pratts Stimme ein, die ihm immer die Indianerbücher vorgelesen hatte. Etwas an der Erinnerung tat weh, nicht allzu stark, eher wie eine Beule, von der man noch nicht wußte, wie groß sie war.

Doch es gelang ihm, den Gedanken an Miß Pratt, an die Reise und an alles andere, das er vergessen wollte, wegzuschieben, und als das Feuer aufprasselte, fiel ihm das ganz leicht. Er hatte Hunger, und die dringendste Frage war, wie rasch sich die nötige Glut bilden würde, um den Fisch hineinlegen zu können. Der Fisch wurde gar – es dauerte für Robins Ungeduld sehr, sehr lange, sie wurden einigermaßen satt, und Robin fand aus Höflichkeit, daß es auch ohne Salz ganz gut schmeckte.

Tom, dem Gräten um Mund und Kinn hingen, lächelte auf diese Bemerkung hin ein ganz klein wenig mit den Augen.

Robin hoffte einen Augenblick lang, Tom würde dem Bündel, das er jetzt aufschnürte, etwas Feines zum Nachtisch entnehmen, doch er rollte nur Decken auf und breitete sie im Schatten aus. Dann ging er zum Fluß und trank. Er ließ auch Robin trinken und sagte dann: »Los, ruh dich aus. Wir werden unsere Kräfte noch brauchen.« Robin war außerordentlich stolz über das »wir« und deutete an, er sei nicht im geringsten müde. Der Mann, der Tom hieß, ließ sich auf keinerlei Widerrede ein, streckte sich auf die Decke und legte den Arm hinter den Kopf. Er blickte in die grüngoldene Blätterlandschaft über sich empor, und sein Gesicht war gelöst und friedfertig, beinahe glücklich, als sähe er etwas Liebes und Vertrautes, das er lange entbehrt hatte. Robin beschloß, neben ihm wach zu bleiben. Tom sollte nicht meinen, daß ein Junge dem freien Leben in der Wildnis nicht gewachsen war. Eine Wurzel oder ein kleiner Tannenzapfen drückte ihn zwischen den Schulterblättern. Er rollte sich auf die Seite und war sofort eingeschlafen.

Er erwachte ganz langsam und hatte Zeit, sich nacheinander darüber klarzuwerden, daß ihm der rechte Fuß weh tat und daß er einen feinen, neuen Freund gefunden hatte, einen Erwachsenen, einen Mann, der vieles wußte und kannte, ohne darüber viel Worte zu verlieren, weil das unter Männern nicht nötig war.

Er konnte nun auch, ohne zu erschrecken, den Geschehnissen der vergangenen Nacht einen Platz einräumen. Sie waren vorüber und taten nicht mehr so weh. In Gedanken tat er einen tapferen Schritt auf die unsichtbare Mauer zu, hinter der die verborgenen Blechteile und regungslosen Bündel lagen, und faßte die Möglichkeit ins Auge, daß Miß Pratt nicht mehr zurückkehrte. Nie mehr. Es war jedoch zu früh, darüber nachzudenken, ob er sie trotz all ihrer Wunderlichkeiten gern gehabt hatte oder nicht. Er würde das später überlegen. Was da geschehen war, kam ihm zu groß, zu ungeheuerlich vor. Vielleicht konnte Tom mitkommen zu Mami und bezeugen, wie alles zusammenhing und daß er, Robin, nichts dafür konnte, ja daß er sich als Trapper und Pfadfinder sehr bewährt hatte. Einem so großen, schweren Mann wie Tom würde Mami augenblicklich glauben. Es war sogar möglich, daß Tom für immer bei ihm blieb.

Er wollte ihn sofort fragen.

Als er die Augen öffnete und sich aufsetzte, blinzelte er in eine goldene und heiße Welt. Die Sonne war zwischen die Zweige der Bäume heruntergeklettert und schien direkt auf seine Dekke. Einen Augenblick meinte er, das Feuer brenne noch, in dem sie den Fisch gebraten hatten. Doch die Stelle, an der es gebrannt hatte, war verschwunden. Es waren Zweige darübergezogen, man sah kein Fleckchen Asche mehr. Und wo war Tom? Robin umfaßte seine Knie, gähnte und sah sich um.

Es tat ihm nicht nur der Fuß weh, sondern auch der Rücken. Er war noch nicht richtig ausgeschlafen.

Wenn sie nun wieder losgingen, dann würde es bestimmt nicht mehr lange dauern, ehe die ersten Häuser kamen. Es würde auch bald Abend sein.

Irgend etwas hatte sich verändert, wie bei allen Spielen, die plötzlich aus einem unerklärlichen Grunde nicht mehr so schön waren, weil sie bald aufhören würden.

Es roch nach Harz und warmem Waldboden, aber dort hinten, dort, wo die Bäume dichter standen, lag schon eine Ahnung der Nacht, die Robin ergriff wie eine kühle Hand.

War Tom wirklich fortgegangen? Robin schaute gespielt gleichgültig nach rechts und links. Es ließ sich nicht leugnen: das Bündel fehlte.

Robin blieb regungslos sitzen und kratzte an seinem Knie. Dann zog er den Schuh aus und betrachtete seinen Fuß. Er hatte sich eine regelrechte Blase gelaufen. Er konzentrierte sich ganz auf diese Blase. Außenherum war sie rot und in der Mitte heller. Es sollte nur ja niemand glauben, daß er sich fürchtete. Er würde noch ein klein wenig ausruhen, dann zum Ufer hinuntersteigen und laut rufen.

Es würde ihn schon jemand hören.

Er zog den Schuh wieder an.

Nein, je mehr er es sich überlegte – er würde doch lieber sofort aufstehen und rufen.

Der Fuß tat beim Gehen viel weher als beim Sitzen. Er würde ihn erst einmal ins Wasser halten. Er humpelte zum Wasser hinunter und hatte gerade das Schuhband aufgeknüpft, als schwere Tritte hinter ihm den Boden erschütterten. Ein wenig Kies spritzte nach beiden Seiten, und da war Tom, rot im Gesicht, das vor Schweiß glitzerte. Seine Augen schienen ein wenig vorzuquellen, und als er nun breit und ermutigend lächelte, sah Robin, daß ihm zwei Zähne fehlten. Dennoch meinte Robin noch nie einen Menschen gesehen zu haben, der so unerhört schön aussah, es sei denn Mami.

Robin lächelte zurück, und seine Mundwinkel zitterten vor Schreck und Erleichterung. Er stellte keine Fragen. Zwischen Männern, die sich aufeinander verlassen konnten, war das überflüssig. Tom schien froh zu sein, ihn noch an der gleichen Stelle zu finden, an der er ihn verlassen hatte. Die Bewegung, mit der er sich bückte und den Fuß untersuchte, den Robin ihm mit umständlichen Erklärungen zeigte, war Robin so vertraut, als kenne er ihn schon lange, schon ein Leben lang, länger als Jamie mit den Sommersprossen.

»Mit der Blase da kannst du nicht laufen«, entschied Tom, und Robin sah zufrieden auf die störrischen Wirbel um seinen Scheitel nieder. Tom würde schon Rat wissen.

Tom schien es sich gut zu überlegen. Er nahm sein Bündel und ließ es wieder fallen. Dann knüpfte er es auf, entnahm ihm eine Decke, rollte sie zusammen, legte sie sich um den Hals und hob Robin auf seine Schultern. Robin setzte sich bequem zurecht, und nachdem er erst versucht hatte, die Luft anzuhalten, um recht leicht zu sein, stieß er sie in einem langen Atemzug aus.

So gingen sie dahin. Robin wurde ganz vergnügt. Von den Bewegungen unter sich angeregt, fing er an, von seinem Pony zu erzählen, von zu Hause, von Mami, von dem einen Lehrer, der so furchtbar blöd war. Tom war ein guter Zuhörer, der nur selten einen knurrenden Laut der Zustimmung ausstieß. Robin schwatzte von oben herab auf die etwas fettigen, starken Haare nieder, was ihm in den Sinn kam, auch von Jamie mit den Sommersprossen und vom

Meer, an das sie bald kommen mußten, dort, wo der Fluß mündete. Miß Pratt erwähnte er nicht und auch nicht die Reise im Flugzeug. Es war zwar nicht recht vorstellbar, daß der unter ihm schreitende Tom mit dem zerrissenen Hemd der stille Mann im ledernen Sitz gewesen sein sollte, aber ihm brauchte Robin immerhin nichts zu erzählen. Die Dinge, die sich auf der Waldlichtung ereignet hatten, waren ein Geheimnis zwischen ihm und Tom. Auch Tom hatte sie nicht erwähnt.

Der Abend begann sich golden zu färben. Es war, als wanderten sie durch ein Altarbildchen. Der Fluß schimmerte wie Metall, und die Stämme an den Ufern waren in eine Art Rot getaucht, das an Himbeersaft erinnerte.

Robin wurde faul und wortkarg. Manchmal legte er sein Gesicht auf Toms Kopf, bis Tom strauchelte und er sich die Wange an seinem Schädel stieß.

Dann wieder legte er die Hände vor dem Adamsapfel in Toms Hals ineinander und ließ sich ein bißchen nach hinten hängen, ganz bequem.

Toms zerrissenes Hemd hatte über die Schulterblätter einen Aufdruck, und Robin entzifferte, bei jedem Schritt auf seinem hohen Sitz schwankend, still für sich die Inschrift: Staatsgefängnis Westmoreland.

Er war zu müde, um sich zu fragen, wo Tom das Hemd herhaben mochte. Vielleicht war Tom auf einer Reise von einem Gefängnis fort. Oder von dem einen ins andere. Robin rutschte wieder nach vorne und setzte sich ganz breit über die Inschrift aus Wäschetinte.

Der Fluß rauschte jetzt viel leiser. Auch er schien faul geworden zu sein und langsam dahinzuziehen. Große Kiesinseln ließ er in der Mitte seines Bettes einfach liegen.

Eine Amsel flötete laut, als wolle sie jemanden nachahmen, einen Menschen vielleicht. Robin sah sie deutlich auf ihrem Zweig sitzen, die Kehle gestreckt.

Tom blieb stehen. Hatte auch er sie gehört?

»Siehst du sie, Tom?« fragte Robin schläfrig und legte beide Hände um Toms stacheliges Gesicht, um ihm die rechte Richtung zu geben.

»Ja, ich sehe sie«, sagte Tom, aber er schaute ganz woanders hin. Ohne großes Interesse wandte Robin den Kopf und sah am gegenüberliegenden Ufer des Flusses einige Häuser im Abendschein liegen, aus denen bernsteinfarbener Rauch sich in einen blassen, gläsernen Himmel kräuselte.

»Na, siehst du«, sagte er zufrieden. »Und nun schwimmen wir hinüber. Ich kann schwimmen, Tom. Ich kann bestimmt gut schwimmen – soll ich dir mal zeigen?«

Robin ruderte auf Toms Schultern wild mit den Armen. »Halt dich fest!« sagte Tom.

Robin geriet ins Schwanken, weil Tom sich die Schuhe abstreifte. Dann watete er ins Wasser, sorgfältig nach rechts und links Ausschau haltend.

»Du brauchst keine Angst zu haben«, sagte er, als das Wasser schon um Robins Füße spielte. Es war sehr kalt.

»Ich habe niemals Angst«, erwiderte Robin und krallte seine Hände in Toms Haar.

Ihm war, als hätte er dies alles schon einmal erlebt, nicht genau so, aber ganz ähnlich. Vielleicht kam es auch in einer Geschichte vor.

Merkwürdig, daß die Leute, die in den Häusern wohnten, nicht herausgelaufen kamen und winkten, wo Tom und er doch schon so lange unterwegs waren.

Toms Bewegungen wurden immer langsamer, er setzte die Füße sehr vorsichtig. Robin glaubte schon, er stehe still. Um sein linkes Schienbein bildeten sich kleine Wasserwirbel. Alles um ihn her gleißte und blendete wie ein feuriger Spiegel, die einzige Dunkelheit war Toms Kopf zwischen seinen Schenkeln. Einmal wollte er nach oben blicken, um dem Blenden zu entgehen, und wäre fast ins Wasser gefallen, so schwindlig wurde ihm. Seine Knie krampften sich zusammen, und Tom keuchte. »Tom, lieber Tom«, sagte Robin halblaut und berührte das Ohr unter seiner rechten Hand.

Tom antwortete nicht, sicher hatte er ihn gar nicht gehört, das Geräusch des Wassers war noch zu stark. Er sollte es auch nicht unbedingt hören.

Jetzt stolperte er, und Robin hielt die Luft an. Als er hinunterschaute, bemerkte er, daß das Wasser gefallen war. Das andere Ufer war ganz nahe. Als Tom anfing, mit den Beinen durchs flache Wasser zu schlürfen, wollte Robin unbedingt absteigen. Er fand, nach der großen Anstrengung sei es für Tom jetzt genug. Außerdem wollte er neben ihm gehen und nicht getragen werden.

Er machte sich gehörig naß und humpelte jämmerlich. Das Stück vom Ufer zu den Häusern kam ihm sehr lang vor, aber er war nicht mehr müde, sondern hellwach und neugierig.

»Nicht möglich«, so würden die Leute sagen, »durch den Fluß seid ihr gekommen?« Und dann würden sie Mami anrufen. Robin war stolz darauf, daß er ihre Telefonnummer auswendig wußte.

Aber da war noch etwas anderes, weit Aufregenderes, das ihm Herzklopfen machte und ihn nach Toms Hand greifen ließ. Seit sie den Fluß verlassen hatten, war es, als habe ihn etwas eingeholt, das den ganzen Tag über in geziemendem Abstand hinter ihm geblieben war. Robin war sicher, daß er jetzt alles erfahren würde, was ihm bisher unklar geblieben war, er konnte es kaum erwarten und zugleich fürchtete er sich davor. Was würde Tom den fremden Menschen sagen? Welche Worte würde er wählen?

Tom ging immer langsamer, als hätte nicht Robin, sondern er die Blase an der Ferse. Bei jedem Schritt quatschten und schlabberten seine nassen Sachen um ihn herum. Die Decke um seinen Hals fehlte. Hatte er sie schon vor dem Fluß abgeworfen, oder hatten sie sie verloren?

Es war nicht mehr wichtig. Sie würden morgen nicht mehr Trapper spielen. Sie würden überhaupt nie mehr Trapper spielen. Das Gefühl, daß etwas zu Ende war, ein wehes, warmes Gefühl in der Magengegend, hatte Robin in seinem Leben schon oft empfunden, und es trog nie. Es ging auch immer schnell vorbei, denn dahinter kam etwas Neues, anderes. Tom aber wollte er gern behalten.

Wie rasch die Dämmerung kam, man wußte nicht, ob sie aus den Wiesen aufstieg, zusammen mit dem Heuduft, oder vom Himmel fiel wie der Tau. Schon waren die Umrisse der Häuser ganz nah. Eines der Fenster war erleuchtet, warf aber noch keinen Schein. Gelb wie eine Scheibe Bienenwachs lag es unvermutet zwischen dunklen Wänden.

»Siehst du«, sagte Robin fast feierlich. »Jetzt bekommst du auch trockene Sachen anzuziehen. Und zu essen.«

Es roch nach Dung und Milch, und Robin bekam solchen Hunger, daß er seine Spucke sammeln und hinunterschlucken mußte. Hoch droben im gelblichen Himmel, dort wo er sich in ein blasses Apfelgrün verfärbte, zog eine Entenschar, und ihre Flügel klangen, als schüttele man kleine silberne Glöckchen.

»Du kommst doch mit zu Mami, nicht?« fragte Robin hastig, weil Tom stehengeblieben war und in das erleuchtete Fenster hineinsah. Tom antwortete nicht, wandte sich vom Fenster ab und packte Robin am Handgelenk. Es tat fast weh, aber Robin ließ sich willig die Stufen zur Haustür hinaufführen.

»Du klopfst jetzt und läßt dir zu essen geben«, raunte Tom ihm zu. »Morgen kannst du zu Hause anrufen lassen. Ich muß weg.«

»Warum? Du mußt mitkommen. Du kennst ja auch das Pony noch gar nicht«, beharrte Robin. Es fiel ihm schwer zu flüstern, denn nun war alles gut und gleich würden sie essen und dann schlafen.

»Sei still«, sagte Tom rauh. »Vielleicht schaff' ich's. Vielleicht nicht. Dann kriegen sie mich eben wieder.«

Robin verstand ihn nicht, aber er empfand das, was Tom sagte, als einen Beweis seines Vertrauens. Er stieg die Stufen vorsichtig hinunter wegen der Schmerzen im Fuß, wollte Tom eine männliche, feste Hand reichen, entschloß sich ganz plötzlich anders und schlang beide Arme um Toms pitschnasse Hosen.

»Adieu, Tom«, flüsterte er, zu ihm aufblikkend. »Wenn ich groß bin, will ich werden wie du.«

Er hatte es sagen müssen, weil sein Herz übervoll war, aber dann erstieg er die Stufen, so schnell er konnte.

Als er sich umsah, war der Platz vor dem Hause leer. Ein Baum stand da, ein Zaun und dahinter ein Gebüsch.

Robin klopfte an die Tür, er mußte die Faust zuhilfe nehmen, der gebogene Finger machte fast kein Geräusch.

Nun würde das Neue, das andere anfangen, wie schon so oft. Was gewesen war, ließ sich nun überblicken und abschätzen. Es war ein wundervoller Tag, sagte sich Robin, der schönste meines Lebens.

Dann wurde die Tür geöffnet und er trat über die Schwelle.

Unvollkommene Liebesgeschichte

Der junge Mann, der im halbdunklen Bühnenhaus steht, um Irina zu interviewen, die durch eine Rollenumbesetzung unvermutet zum Star aufgestiegen ist, wird von Bühnenarbeitern mit »Heda« und »Hoppla« immer wieder beiseite gedrängt. Endlich zeigt ihm einer die junge Tänzerin, an die er seine Fragen zu richten hat. Irina, die ein Frottiertuch um den Hals trägt, tritt verlegen auf ihn zu. Die hochgebundenen Haare hängen ihr in einem Pferdeschweif um die kindlichen Schultern. Sie antwortet mit leiser Stimme, kaum mehr als ja oder nein, stellt das linke Bein auf die Spitze und läßt das Knie spielerisch nach außen schnellen. Einige Freundinnen kommen, noch ein wenig verschwitzt und aufgelöst von der Probe, umdrängen sie und den jungen Mann, legen Irina einen Mantel um und zwitschern Glückwünsche in ihr Ohr. Sie wird die Hauptrolle tanzen, ihre Chance ist da. Darüber hätte sie den jungen Mann fast vergessen, und so sagt sie rasch und ein wenig schuldbewußt zu, als er den Auftrag seiner Zeitung überschreitet und sie zum Essen einlädt, weil er sie entzückend findet.

Im Restaurant sitzt sie sehr aufrecht, ohne sich anzulehnen und ohne mit dem jungen Mann zu flirten. Der spricht von Büchern, von Filmen. Irina lächelt zerstreut. Sie liest niemals und geht nur sehr selten ins Kino. Vom Tanzen wiederum versteht er nichts. Die Suppe wird gebracht. Ob sie etwa Diät halten müsse, um ihre Figur zu erhalten? Irina antwortet nicht, sie hat den Kopf gesenkt. Hat er sie beleidigt? Ihre Lippen bewegen sich, sie betet. Dann blickt sie auf, greift unbefangen nach dem Löffel und sagt ernsthaft: »Man muß Suppe essen. Suppe gibt Kraft. Man braucht beim Tanzen vor allem Kraft.« Es ist der erste längere Satz, den sie spricht, und der junge Mann ist begeistert. Was sie denn sonntags täte oder in ihrer freien Zeit? »Nichts Besonderes.« Ihre Eltern seien tot. Ja, ihre Ballettmeisterin sei Russin, wie sie. Sie sei eine wunderbare Lehrerin. »Sonst noch etwas?« fragt Irina und sieht dem Reporter voll ins Gesicht. Der junge Mann, der nicht gewagt hat, ihre Hand zu ergreifen, errötet und beschließt bei sich, in seinem Artikel den Ausdruck »Nicht von dieser Welt« für Irina zu gebrauchen. Er setzt sie in ein Taxi und sieht sie ein wenig wehmütig davonfahren, die Primaballerina von morgen.

In Irinas Zimmer ist die Wand bedeckt mit den Fotos der großen Kolleginnen in ihren schönsten Tanzposen. Neben dem Spiegel hängt an einer Kette der Ikon, vor dem Irina betet, ehe sie zum Training geht, und den sie vor den Aufführungen mit ins Theater nimmt. Die langen Mandelaugen des Heiligen blicken mit derselben Gleichgültigkeit an ihr vorüber, wie die mit Gold, Blau und Schminkstrichen vergrößerten Augen der großen Vorbilder. Der Ikon lehnt auch zwischen den Schminktöpfen in Irinas staubig riechender Garderobe, deren Fenster auf einen Hof geht, in den niemals jemand hinabblickt. Es ist zwei Stunden vor der Premiere. Irina macht Gelenkigkeitsübungen in einem verschossenen schwarzen Badeanzug. Wenn es klopft, läuft sie zur Tür und schaut gebückt und vorsichtig um die Türklinke, ehe sie ganz öffnet. Es kommt die Lehrerin, die Garderobiere, es kommen Presseleute, Fotografen und vorzeitige Blumenspenden. Nach und nach wird es sehr voll in dem kleinen Raum. Der junge Mann von der Zeitung, der ebenfalls da ist, wird ganz an die Wand gedrängt. Klingeln schrillen, Türen schlagen. Irina steht in der Kulisse, preßt den Ikon an die Brust und küßt ihn, ehe sie ihn der Ballettmeisterin in die Hand gibt. Sie tanzt hinaus in die Flut von Licht auf der leicht geneigten Fläche. Nach den ersten Takten sieht sie viele hundert Operngläser auf sich gerichtet, die aus dem Abgrund des Zuschauerraumes blitzen wie die Augen von Nachttieren oder wie Diamanten in einer dunklen Höhle. Schweißnaß und vollständig glücklich nimmt sie den Beifall entgegen. Sie wird gefeiert und gehätschelt. Es dauert sehr lange, bis sie abgeschminkt und umgezogen ist. Sie fährt nicht mit dem jungen Mann in die Mondscheinnacht hinaus, sondern verabschiedet sich von allen und geht früh schlafen.

Der Zeitungsreporter geht noch zweimal ins Theater, um sie tanzen zu sehen. Er steht als letzter im Parkett und klatscht – Irina lächelt ihm zu, ehe sie durch die Tür im eisernen Vorhang verschwindet. Das Programm wechselt. Die Plakate werden überklebt. Irina tritt in einer anderen Rolle auf, aber der junge Mann findet es albern, daß er dieser flüchtigen Begegnung das Gewicht einer Beziehung zu geben versucht hat, und geht statt dessen ins Kino.

Dann ist plötzlich Krieg. Er hat sehr verschiedene Aspekte. Der junge Reporter geht als Kriegsberichter an die Front. Irina sorgt sich um Kollegen, die eingezogen werden. Man kann auch nur noch Engagements ins neutrale Ausland annehmen, und die langen Netztrikots sind jetzt so schwer zu bekommen. Es werden neue Stücke einstudiert für Theater, die am Tag der Premiere vielleicht nur noch rauchende Schutthaufen sind. Die Zeitungen berichten von heroischen und schrecklichen Dingen. So kommt es, daß ein Unfall, der sich bei einer Probe zu einem neuen Ballett ereignet, ganz unbeachtet bleibt. Irina ist gestürzt. Sie kann nicht auftreten und wird von der Bühne getragen.

Um die Zeit etwa, als der junge Mensch beim Schein einer Taschenlampe unter Geschützdonner seine Berichte schreiben muß, liegt Irina in einem Krankenhaus. Über ihrem schmalen, ängstlichen Gesicht, das ohne die Schminke wie das eines Schulkindes wirkt, stoßen die gewaltigen, gestärkten Hauben frommer Schwestern zusammen. Die Kollegen besuchen sie, in Straßenkleidung sehen sie manchmal etwas seltsam aus. Auch die Ballettmeisterin kommt und spricht mit ihr über kommende Rollen, wenn der Fuß wieder heil ist. Irina weint. Sie weint zum ersten Mal seit dem Sturz. Unter der Bettdecke hat sie den verletzten Fuß umfaßt, und wenn niemand da ist, spricht sie leise und zärtlich mit ihm. So hat sie vielleicht noch mit niemandem gesprochen, außer mit der Katze ihrer

Zimmerwirtin. Es ist zweifelhaft, ob in ihren Erinnerungen manchmal der junge Reporter auftaucht. Ihr Krankenlager ist langwierig. Die Welt verliert Irina aus den Augen.

Eines Tages ist der Krieg aus. Der junge Zeitungsmensch sieht die Hauptstädte Europas wieder, sieht, wie sie sich verändert haben, wie sie langsam wieder aufblühen. Er geht auch wieder ins Theater, ein Freund nimmt ihn mit. Eines Abends glaubt er, im Foyer ein Frauengesicht zu erkennen. Wer war das nur, und wie hieß sie doch? Iris? Irene? –

Nach der Vorstellung treffen sich die Darsteller und die Ballettfreunde in einem Restaurant. An allen Tischen wird applaudiert, als die Tänzer und Tänzerinnen blumenbeladen das Lokal betreten. Sie sind viel kleiner, als sie auf der Bühne gewirkt haben, und bestellen riesengroße Menüs. Der Reporter sucht sich einen Platz. An einem Tisch sitzt ein etwas welk aussehender Mann und unterhält sich mit einer jungen Frau, die aufrecht sitzt, wie beim Fotografen. Ihr Haar liegt in einem schweren Knoten im Nakken, in den Ohren trägt sie zu große Perlen. Sie blickt gelangweilt auf die Vorübergehenden. Noch ehe der Reporter erfaßt hat, wie schön sie ist, leuchtet in ihrem Gesicht plötzliches Erkennen auf. Stimmt, es ist die kleine Tänzerin, die so rührend wirkte und vor Tisch betete. Es fällt ihm jetzt auch wieder ein, daß sie Irina heißt und daß er sehr in sie verliebt war. Zu seinem Erstaunen begrüßt sie ihn so überströmend liebenswürdig, daß ihr Begleiter aufsteht. Die beiden Herren machen sich durch Murmeln unverständlicher Namen bekannt. Er muß sich zu den beiden setzen. Irina legt ihm die Hand auf den Arm, sie spricht mit heller, singender Stimme auf ihn ein und blickt ihm aus solcher Nähe ins Gesicht, daß er verlegen errötet. Während der verlebte Mann höflich zuhört, erinnert Irina ihn, Bestätigung heischend, an tausend Einzelheiten jener Aufführung, über die zu berichten er damals von seiner Zeitung beauftragt war. Er nickt eifrig zu den vielen unbekannten Namen, um der bezaubernden Frau eine Freude zu machen, die er ganz anders in Erinnerung hat. Sie lacht und plaudert, sie kokettiert herausfordernd, ja sie behandelt ihn wie einen ehemaligen Liebhaber, den sie nach Jahren wiedergetroffen hat. Sie wirft ihrem Begleiter einen flüchtigen Blick zu und sagt, als sei das Erklärung genug: »Sergeij hat mich in der Rolle nie gesehen!« Dieser bleibt nachsichtig zerstreut. Erst als Irina aufsteht und einen Moment hinausgeht, wird er lebhaft. Er beugt sich plötzlich über den Tisch und sagt rasch: »Meine Frau hat sich vor einigen Jahren verletzt, sie kann nie mehr tanzen. Bitte machen Sie uns doch die Freude und besuchen Sie uns einmal, damit sie von damals sprechen kann.« Seine nikotinvergilbten Finger zittern ein wenig, er benutzt ein aufdringliches Parfum. Der Reporter würde ihm vielleicht die Hand drücken, wenn er ihn sympathischer fände. So blickt er vor sich auf das Tischtuch nieder und fühlt ein heftiges, schmerzliches Bedauern. Ihm ist, als hätte er, der Unbeteiligte, irgend etwas Kostbares verloren, irgend etwas Entscheidendes falsch gemacht, das schon lange zurückliegt und nun nicht mehr nachzuholen ist. Er weiß, daß er die Visitenkarte, die der fremde Herr jetzt, gegen den Rauch seiner Zigarette anblinzelnd, aus seiner Brieftasche holt, sofort wegwerfen wird, blickt auf die Uhr, stammelt eine Entschuldigung und verabschiedet sich. Als Irina zurückkommt, schmal und graziös, mit affektiert hochgezogenen Schultern, ängstlich darauf bedacht, noch ebenso jung und ebenso schön zu sein wie damals, ist er gegangen.

Besuch im Krankenhaus

Im dritten Stock des Krankenhauses (Innere Abteilung, bitte Ruhe!) werden die drei Männer von Schwester Philiberta empfangen. Einige Worte werden gesprochen. Die zwei unauffällig gekleideten Justizbeamten bleiben im Korridor. Sie könnten sich auf die Bank setzen, aber sie bleiben vor der Tür des Einzelzimmers stehen. Das Linoleum ist spiegelblank gebohnert. Auf dem Fensterbrett steht eine grüne Pflanze. Niemand weiß, wie sie in diesem Gemisch aus Lysol und Suppengerüchen gedeihen kann. Die chromblitzende leere Bahre auf Rollen wartet, die Füße zur Seite gekehrt, daß sich in einem der Zimmer etwas verändert.

Der Besucher setzt sich behutsam ans Bett der sterbenden Frau. Sie ist noch keine fünfzig, aber sie hat in den letzten Jahren so viele Schmerzen ausgehalten, daß ihre Augäpfel in den Höhlen geschrumpft sind. Wie geht's dir denn, du siehst besser aus, sagt sie und hält die Hand ihres Mannes zärtlich fest. Du hast dich schon etwas erholt, nicht wahr? Am Schluß der Sätze hat sie nicht mehr genügend Atem. Es war eben doch zuviel, sagt sie, meine Pflege ganz allein all die Monate.

Der Mann antwortet nicht, er tätschelt ihre Hand, die fahl aus dem gelbrosa Ärmel ragt. Er räuspert sich. Ich hab's mir überlegt, sagt er, wenn dir's erst besser geht, nehme ich mir Urlaub, und wir fahren ans Meer. Das mit dem Gebirge ist nichts.

Auch von den Hühnern sprechen sie, die sie sich anschaffen wollen (die braunen Wyandotts legen weniger, sind aber fleischiger) und vom Bezug fürs Wohnzimmersofa.

Die Frau wünscht, daß die Nonne hinausginge, weil im Alleinsein Worte und Händedruck eine andere Bedeutung bekämen. Darum sagt sie schuldbewußt, daß Schwester Philiberta immer so gut zu ihr sei. Der Mann schaut mit ausdruckslosem Gesicht zu der Nonne hinüber, die sich am Waschtisch zu schaffen macht. Ihr Rock schwingt, die rauhe Stoffhülle, die sie umgibt, scheint zu prall aufgeblasen, das gibt ihren Bewegungen die schwebende Leichtigkeit.

Ob sie verstanden hat, was die Justizbeamten vorhin gesagt haben, denkt der Mann. Doch, das hat sie, und sie behält ihn im Auge. Vierzehn Schlaftabletten hat er seiner Frau gegeben, nur weil er sie nicht mehr leiden sehen konnte, und dann zwei Selbstmordversuche unternommen. Sie folgt der Anordnung und verläßt das Zimmer nicht. Die Schwester weiß Bescheid, denkt der Mann, der ihren Blick aufgefangen hat. Am Montag ist Verhandlung, das wird sie auch verstanden haben.

Er räuspert sich wieder. Ja, ja, sagt er, die Schwester sieht streng aus, die kriegt dich bald wieder auf die Beine.

Er lächelt, sein zerknittertes Gesicht zieht an den falschen Stellen Falten. Wenn die Nachbarn nicht die Eingabe für mich gemacht hätten, denkt er, hätte ich gar nicht erst herkommen dürfen. Hoffentlich gelingt es bis zuletzt, und sie merkt nichts. Mein Gott, denkt er, hoffentlich gelingt es die paar Tage noch.

Schwester Philiberta wendet sich um und deutet an, daß es jetzt genug sei. Erst jetzt sieht man, daß sie schon alt ist. Ihre Lider sind geschwollen von den Nachtwachen, ihre Lippen ein runzliger Spalt, der rechts fester schließt als links.

Ich bin so froh, daß es ihm wieder besser geht, sagt die Frau zur Schwester. Die gibt in der Tür dem Besucher ihre nach Seife riechende Hand. Es wird schon alles wieder werden, sagt sie, wir wollen halt das Beste hoffen. Das sagt sie immer.

Die beiden Männer treten herzu, sie nehmen den Mann in die Mitte, um ihn ins Untersuchungsgefängnis zurückzubringen. Schwester Philiberta, die den dreien das Geleit gibt bis zur Treppe, kehrt um und gleitet über die spiegelnde Fläche des Korridors zurück in den Lysol- und Suppendunst.

Es handelt sich nicht darum, zu verstehen. Gott selber weiß nicht, welches Erbarmen ihn packen wird am Tage des Gerichts.

Siebzig Stufen

Wo der Untergrundbahntunnel die Fußgänger entläßt, hinter der Metallschranke, die wie ein Zählwerk hinter jedem Fahrgast klappert, hören die fettig glitzernden Kachelwände, die bunten Plakate auf. Der trübwarme Dunst weicht langsam der frischeren, nach Benzin riechenden Luft der Place du Châtelet. Das junge Mädchen hat es eilig, durch das Zwischenreich zu kommen, in dem das elektrische Licht mit dem Tageslicht streitet. Ihre hohen Absätze geben einen eifrigen, hohlen Laut auf dem schmutzigen Konfetti von Hunderten weggeworfener Fahrscheine. Sie geht leicht und federnd, als wöge sie kaum etwas. Vor ihr liegt die Treppe mit siebzig Stufen, die hinaufführt ins ferne Getöse der Boulevards, in einen grünlichen Himmelsstreifen, und an deren Ende Pascal auf sie wartet.

Noch ehe sie die unterste Stufe erreicht hat, fährt unter der Erde wieder ein Zug ein, und der Luftdruck preßt das Kleid eng an ihren Körper, als sei Pascal schon bei ihr, mit seinen frechen Händen, seinen übermütigen Liebkosungen. Sie ist diese Stufen schon oft hinaufgestiegen, manchmal fast erstickt vom Trommeln ihres Herzens, von der Erwartung, ihn wiederzusehen. Wenn sie dann droben ankam, war sie ganz erschöpft. Nach dem freudigen Schreck, daß er wirklich dastand und auf sie wartete, reichten ihre Kräfte nur noch zu einem halblauten: »Na, da bist du ja.«

Der Gruß war der gleiche geblieben, auch als er sie nicht mehr streichelte, bewunderte, begehrte, feierte. Als er forderte, sie habe sich von allem zu lösen, was sie von ihm fernhielt, von allem, was ihr bisheriges Leben gewesen war.

Hier, wo das Geländer aufhört und frisch ansetzt, hat sie sich später immer vorgenommen, heute nicht nachzugeben, sich die Kraft zugetraut, mit dem schrecklichen, dem geliebten Pascal zu reden, ihm Vernunft zu predigen.

In der Mitte der Treppe ist ein Absatz zum Ausruhen, zum Atemholen. Die Frau geht langsamer. Hier hat sie damals immer gezögert, als sie es von einem Mal aufs andere aufschob, ihm zu sagen, daß sie ihn verlassen werde, verlassen müsse. Wo sind die leeren Jahre geblieben, in denen sie die Frau eines anderen war und diese Treppe nicht hinaufstieg? Waren es denn so viele? Wird sie darum jetzt so rasch müde? Wann hat sie gemerkt, daß sie auf alles verzichten könnte, nur auf Pascal nicht? Warum hat sie es nicht schon von Anfang an gewußt? Wann war es, daß sie wieder anfing, sich mit ihm zu treffen? Der zweite Teil der Treppe scheint steiler zu sein.

Die Frau beginnt, sich am Geländer festzuhalten. Hier, wo der Riß in der getünchten Wand ist, hat sie meist noch einmal den Spiegel aus der Handtasche gekramt, weil sie nun nicht mehr so jung, so blühend war wie früher. Sie hat den Lippenstift benutzt und ein wenig zur Probe gelächelt, damit die harten Falten um den Mund sich glätteten. Pascal hat seinen Platz droben niemals verlassen, um ihr entgegenzugehen, niemals. So blieb sie unbeobachtet und konnte sich Zeit lassen. Auch jetzt kann sie sich Zeit lassen, nur ein wenig, und mit dem Rücken ans Geländer lehnen. Es wird ja nicht gleich wieder jemand kommen wie gestern – war es gestern? – der ihr unter den Arm greift und fragt, ob er ihr helfen kann. Sieht sie wirklich schon so hinfällig aus? Sie betrachtet ihre Hand auf dem Geländer, während sie weitersteigt. Die zarten, blauen Adern auf dem Handrücken sind schon lange da, aber erst seit kurzem kann sie die Finger nicht mehr ausstrecken. Der Arzt sagt, daß es Arthritis ist.

Jetzt hört die Straßendecke über der Treppe auf, sie kann schon zu beiden Seiten die Gitter sehen, an denen Leute lehnen. Die Luft ist kühl und frisch. Sie hört die Rufe des Zeitungsmannes, die Klingel eines Radfahrers, die anfahrenden Wagen. Die Häuser wachsen empor, und der Himmel, der drunten so nahe schien, ist weit weg.

Die obersten Stufen scheinen der alten Frau besonders hoch, sie ersteigt sie vorsichtig, um nicht auf den nassen Herbstblättern auszugleiten. Da steht ja auch Pascal, ein wenig vorgeneigt, um blinzelnd die Überschriften der Zeitungen zu studieren. An der Art, wie er die linke Hand mit abgespreiztem Daumen in die Tasche steckt, würde sie ihn überall erkennen. Nun dreht er sich zu ihr um, ein alter Mann, der morgens lange hustet und in dessen Ohren silberner Draht wächst, wie im Inneren einer Distel.

»Na, da bist du ja«, sagt sie. Er hängt den Stock über den linken Arm und nimmt ihr die Tasche ab. Aufmerksam nach dem Verkehr ausschauend, führt er sie über den Fahrdamm. Anderer Gesten bedarf es nun nicht mehr. Sie gehen zusammen fort, wie am Ende einer Reise, am Ende einer Geschichte.

Christoph überbringt eine Botschaft

Im Internat Zum guten Hirten beginnen die Sommerferien nach dem Mittagessen, damit die Kinder etwas im Magen haben, ehe sie sich, von Verwandten abgeholt, in alle Richtungen zerstreuen.

Christoph fährt zu Onkel und Tante, er ist Waise. Er bindet schon zum dritten Mal seine Schuhbänder neu, und Schwester Benedikte spricht auf seinen Hinterkopf nieder, daß er aufpassen soll und das Geld nicht verlieren, auch nicht trödeln und auf direktestem Weg zur Autobushaltestelle gehen und auf keinen Fall auf der Autobahn entlangmarschieren, weil das verboten und außerdem gefährlich ist. Es ist ein schwüler Tag, und Schwester Benedikte fragt nur mehr mechanisch ein letztes Mal, ob Christoph alles beherzigt hat. Christoph schaut sie zerstreut an wie einer, dem alles, was die Leute sagen können, längst bekannt ist und der die Zeit, während sie sprechen, dazu benutzt, um an anderes zu denken.

Christoph denkt daran, was er für die zwei Dollar kaufen kann, gesetzt den Fall, immer nur gesetzt den Fall, er brauchte sie nicht für den Autobus auszugeben. Da der Autobus meist für ihn allein hält und man am Chauffeur vorbei muß, kann man nicht schwarzfahren. Für zwei Dollar bekommt man vielleicht einen jungen Hund, so einen, dem die Ohren fliegen und in die Augen hängen, und an dessen Schwanzende ein Löckchen ist. Man könnte ihn beim Gärtner in Quartier geben. Michel heißt der Gärtner, und seine Nasenlöcher sind schwarz, weil er schnupft. Michel hat Hunde gern. Er hat auch Christoph gern, weil der keine Eltern hat. Christoph besitzt außer den Anziehsachen, auf die man achten und die man schonen muß, noch eine Taschenlampe, ein paar Groschenhefte und ein Messer mit zwei Klingen. Ein junger Hund aber, auch wenn er wegen der Bettwäsche nicht bei ihm schlafen dürfte, würde wirklich ihm gehören, würde ihm täglich mehrmals bei Michel entgegenspringen, mit ihm in der kleinen Höhle hinter den Johannisbeersträuchern sitzen, nach Fell riechen und ihn im Gesicht lecken. Aber vielleicht bekam man keinen Hund für zwei Dollar.

Christoph hat einen kleinen Pappkoffer und Kniestrümpfe und eine Internatsmütze und winkt zu Schwester Benedikte zurück, die sich schon umgedreht hat, froh, daß nun alle fort sind und es für ein Weilchen ruhiger wird.

Der Abkürzungsweg ist staubig, die Schuhe erblinden schnell. Wahrscheinlich kommt ein Gewitter, wahrscheinlich ist es schon irgendwo niedergegangen, denn es riecht, als sei die Luft voll von nassem Gras. An der Haltestelle steht niemand, es ist viel zu früh, genau wie das vorige Mal, als Christoph in die Ferien fuhr. Nur ein Stückchen schlendert er an der Autobahn entlang, den einen Fuß auf dem schwarzen, rauhen Belag der Straße, den anderen schon im niederen, verschmutzten, von Papieren durchsetzten Gras. Er meint, so weit am Rande ist es weniger verboten. Die Strümpfe kratzen. Mit einem schnellen Wagen wäre man in fünfzehn Minuten am Stadtrand, mit dem Bus dauert es länger. Aber schnelle Wagen halten nicht. Morgens hat Schwester Alberta beim Frühstück sicherheitshalber noch einmal gesagt, daß auf keinen Fall per Anhalter gefahren wird.

In der Ferne saust es, und Christoph muß sich umschauen, ob es am Ende schon der Bus ist, aber es ist ein Lieferwagen. Christoph winkt, nur zum Spaß natürlich, doch der Wagen fährt vorüber. Jetzt müßte Christoph eigentlich umkehren, weil er sonst nicht rechtzeitig an der

Haltestelle ist. Harvey aus der sechsten Klasse behauptet zwar, für ihn hielte der Autobus auch auf offener Strecke, aber das ist nicht wahr.

Ein jaulender Ton nähert sich. Diesmal ist es ein Sportkabriolett. Ein Mann sitzt darin – allein. Christoph macht eine wedelnde Bewegung, die man so oder so auslegen kann. Auch dieser Wagen fährt vorbei. Wird er nicht langsamer? Er wird wohl gleich wieder Gas geben? Er wird tatsächlich langsamer. Er schlingert. Ein großes Stück weiter vorn hält er, so weit rechts, daß die Vorderräder schon schräg auf dem dunklen Schotter stehen. Parken kann der dort nicht. Ob er seinetwegen hält? Verblüfft setzt sich Christoph in Trab und sieht, wie der Fahrer seine Tür öffnet, durch die man ja doch nicht einsteigen kann. Christoph tritt an den Wagen heran. Der Fahrer scheint die Pause zum Ausruhen benutzen zu wollen, er hat den Hinterkopf auf die Lehne gelegt, sein Arm hängt schlaff nach draußen.

»Ach bitte, fahren Sie nach Denver?« fragt Christoph und umkrampft in einer Welle der Vorfreude die Geldstücke in der Hosentasche, die ihm nun vielleicht bleiben werden. Der Mann schaut ihn nicht an, er läßt den Kopf liegen, sein Gesicht ist gelblich und glitzert von

Schweiß, er greift sich mit der Hand an den Hals und reißt sich den Kragen auf, dabei fällt etwas klirrend in den Schotterstaub. Christoph hebt es rasch auf und reicht es in den Wagen, denn artige Jungen werden eher mitgenommen, auch von Sportkabrios. Der Mann reagiert nicht, er nimmt es nicht, er atmet stoßweise, er röchelt, es ist, als wolle er anfangen zu husten, er stößt ein Wort hervor, zweimal hintereinander. Es klingt wie: »Fehlis-City!« Von einem solchen Ort hat Christoph nie gehört – zu den Ortsnamen, die man in Heimatkunde im Chor nachspricht, gehört er nicht. Er will nach Denver.

»Ach bitte …«, beginnt er nochmals. Er hält den Arm noch immer ausgestreckt, nimmt ihn aber erschrocken zurück, weil der Mann den Kopf auf die Brust sacken läßt. Er bekommt es mit der Angst: hier ist etwas verkehrt. Er will fort. Er will überhaupt nicht dagewesen sein. Mit einem Laut, den man zur Not für einen Abschiedsgruß nehmen kann, weicht er von der offenen Tür zurück und ist mit wenigen Sätzen auf dem Gras zwischen Waldrand und Autobahn. Er rennt, der Koffer schlägt ihm an die Wade. Er sieht sich nicht um, ob der Mann die Tür zugemacht hat und weitergefahren ist. Der Autobus hält in dem Moment, als Christoph keuchend die Haltestelle erreicht. Erst als er vom Chauffeur ungeduldig nach dem Fahrgeld gefragt wird, zieht er den Gegenstand aus der Hosentasche, den er nicht mehr hat zurückgeben können: ein zerrissenes dünnes Kettchen mit einer länglichen Münze daran. Es wird Christoph heiß hinter den Ohren, und er lutscht an seinem Backenzahn. Er hat das Ding nicht gestohlen, nur behalten. Er möchte das Fenster herunterkurbeln und es hinauswerfen. Der Schaffner bemerkt es und sagt: »Immer diese Rotzlümmel, den Tod kann man sich holen, das Fenster bleibt zu, verstanden.« Christoph stellt fest, daß seine Knie zittern. Die Fahrgäste schauen alle nach der gleichen Seite auf die Straße, ein paar stehen in ihren Sitzen auf, sie recken die Hälse, weil neben einem falsch geparkten Sportkabriolett ein Wagen mit Blaulicht hält. Christoph schaut krampfhaft auf das Schild »Nicht rauchen!« Er schwitzt, aber das ist sicher noch vom Laufen.

Der Regen bricht erst los, als Christoph in die Vorortstraße einbiegt, wo der Onkel Hausmeister in einer Villa ist. Er und Tante wohnen in einem Extrahäuschen beim Tor. Es ist efeubewachsen, und jedes Efeublatt nickt, wenn ein Regentropfen es trifft. Christoph kleben die

Haare an der Stirn, er leckt sich das Wasser von der Oberlippe. Tante schickt ihn gleich weg, er soll sich trockene Sachen anziehen. Christoph wickelt das Kettchen in sein feuchtes Taschentuch und stößt es hinten ins Hutfach des Kleiderschranks. Erst abends denkt er wieder daran, als er sein Herz erforscht, wie man ihn im Heim gelehrt hat. Vielleicht kommt er unbemerkt zum Fundbüro. Wenn nicht, wird er die Sache beichten, sobald die Schule wieder angefangen hat.

Bis dahin dauert es noch lang. Zunächst einmal sind Ferien, und es ist alles so herrlich anders. Zum Frühstück gibt es nicht den fettigen rosabraunen Kakao wie im Heim, der die gleiche Farbe hat wie der Ölanstrich im Korridor, es gibt echten Kaffee. »Schenk ihm nur ein, dann wacht er auf«, sagt der Onkel. Die nette Hündin von jenseits des Maschendrahts begrüßt ihn diesmal nicht. Dort, in der Nachbarvilla, deren Rückseite an den Garten stößt, ist ein Fest oder so etwas, es ist alles voller Autos, und Leute machen Blitzlichtaufnahmen. Die Hündin ist wohl eingesperrt. Christoph kann sich hinter Onkels Häuschen ein Labyrinth in den Sand zeichnen und spielen, er sei gefangen und käme nicht über die Striche weg. Er kann auf dem Bauch liegen und in das Loch zwischen den

Hohlwurzeln der Sykomore hinunterschnüffeln und spielen, es reiche bis ins Erdinnere. Er kann sich hinhocken und suchen, von wo nach wo die Ameisen laufen. Der Zug hat keinen Anfang und kein Ende, wahrscheinlich geht er rings um den Erdball. Tante fragt nicht, was er den ganzen Tag macht. Sie steht viel am Küchenfenster und starrt auf das Fest, oder was es ist, im Nachbarpark. Wo der Hund diesmal ist, weiß sie auch nicht. Sie schenkt Christoph Buntstifte und einen Block. Sie macht ihm eine neue Jakkentasche, sie brät ihm Bratwurst. Ganz unvermutet kommt der böse Augenblick.

Es ist Nachmittag und Tante steht am Bügelbrett und fragt ihn, ob er eigentlich mit seinem Taschentuch Schuhe putzt, daß es so steif von Schmutz ist, und er soll besser auf seine Sachen aufpassen, wie leicht hätte er das Amulett ganz verlieren können, der Juwelier wird das Kettchen morgen löten, sagt sie. Sie preßt das Plätteisen auf den nassen Lappen und sieht nicht, wie still Christoph dasteht und die Buntstifte immer wieder anders in die Schachtel steckt. Wer sein Amulett verliert, den verläßt das Glück, sagt sie, während zischend Dampf aus Onkels Hose aufsteigt, außerdem ist es geweiht und sicherlich noch von Christophs Eltern, so etwas schenkt man nur jemand, der zu einem gehört. – Nun kann er nicht mehr behaupten, er hätte es von Harvey aus der sechsten Klasse, und er kann auch hier im Hause nicht nach dem Fundbüro fragen. Doch er ist froh, daß er es nicht mehr verstecken muß, und vergißt es sofort.

Abends darf Christoph lange aufbleiben, niemand klatscht in die Hände und schickt ihn zu Bett. Während draußen die Dämmerung alle Farben zu Grau zusammenmischt, sitzt Onkel im Schaukelstuhl, Tante liest in den Zeitungen mit den roten Überschriften, die im Heim verpönt sind und die Schwester Ernestine die Postille des Satans nennt. An einer Ecke des Tisches, dessen gestickte Decke zurückgeschlagen ist, malt Christoph. »Vater erwürgt Tochter und begeht Selbstmord«, liest Tante gleichgültig und blättert weiter. »Da!« ruft sie aus. »Also doch! Da steht es, das ist es! Unerwarteter Tod eines Filmidols.« Christoph findet es uninteressant. Die Buntstifte brechen andauernd ab, und er muß viel spitzen. Tante liest von einem Schauspieler, der mit der Dame in der Nachbarvilla hinter dem Garten verheiratet war. Er ist am Steuer seines Wagens einem Herzschlag erlegen. Die Welt trauert um ihn, am meisten seine junge Frau, mit der er die letzten Monate entzweit war. »Stimmt«, sagt Onkel und hört vorübergehend auf zu schaukeln. »Seit einer Ewigkeit habe ich drüben seinen Wagen nicht mehr gesehen. Christoph, beiß dir nicht die Zunge ab, hörst du!« Christoph malt eine Schlacht aus der »Geschichte der christlichen Streiter«. Die Glieder der zerbrochenen Ritter weisen in alle Richtungen.

Tante liest sorgfältig, als sei jedes Wort kostbar, daß die junge Frau bis zuletzt gehofft hat, es käme zu einer Aussöhnung, daß sie nie auf gehört hat, ihn zu lieben, daß sie den sie belagernden Reportern keine Antwort auf die Frage gibt, ob bereits der Plan zur Scheidung bestanden hat, daß sie keinen Menschen sehen und sprechen will.

Tante nimmt die Brille ab und sagt, daß das Leben doch die ergreifendsten Geschichten schreibt und daß sie noch ein Exemplar der Zeitung kaufen wird, um es ihrer Schwester zu schicken, schließlich war es ein Nachbar. Christoph schenkt das Bild von der Ritterschlacht dem Onkel und geht schlafen.

Der nächste Tag beginnt herrlich, und Christoph ist sehr vergnügt. Doch dann hängt Tante ihm das reparierte Kettchen um, das er so gerne vergessen hätte, und die Münze brennt ihm auf der Brust wie ein Wespenstich. Er nimmt das Kettchen heimlich ab und steckt es in die Hosentasche. Er wird es wegbringen und sagen, daß er es verloren, daß vielleicht die gelötete Stelle nicht gut gehalten hat. Er knöpft das Hemd bis zum Hals zu.

Beim Gang zur Gärtnerei entwetzt er. Alle Leute, die er nach dem Fundbüro fragt, beugen sich unnötig tief zu ihm herab und fragen listig, was er denn verloren habe. Er antwortet nicht und schließt die Faust in der Tasche. Als er endlich beim Fundamt ankommt, ist es schon ge schlossen. Er muß daheim eine dumme Geschichte erfinden, warum er so spät und erhitzt zum Essen kommt. Am Dienstag nächster Woche wird er es wieder versuchen.

Doch es kommt etwas dazwischen. Am Montag sagt Onkel bei Tisch zu Tante, daß der Hausmeister von drüben die Jungen von der gefleckten Jagdhündin weggibt, unter der Hand, sie sind schon über zwei Monate alt und sollen weiter, aber nach allem, was die Dame durchgemacht hat, möchte sie keine Zeitungsanzeige aufgeben, damit nicht wieder Leute ins Haus kommen.

Christoph hat gerade den Mund voll und vergißt hinunterzuschlucken. Sein Herz dröhnt hinter der Serviette. Er legt die Gabel hin und wartet mit angestrengt gleichgültiger Miene auf Einzelheiten. Doch der Onkel spricht schon von etwas anderem.

In der Nachmittagshitze schleicht Christoph ums Haus, drischt mit dem Absatz gedankenvoll auf die Verandastufen, hockt sich auf dem Kiesweg hin. Er grübelt. »Wo willst du denn hin damit? Schlag dir doch den Quatsch aus'm Kopf«, hat Onkel gesagt, als er neulich mit ihm über einen jungen Hund sprach. Von dem ist keine Hilfe zu erwarten. Stehlen hat auch keinen Zweck, er kann ihn ja nirgends verstecken, bis die Ferien vorbei sind, so ein Hund jault und blafft, und Milch braucht er auch. Wenn er mit der Dame selber sprechen könnte, würde sie ihm vielleicht eins von den Jungen aufheben, bis er abreist. Das mit dem Gärtner im Heim wird Christoph schon in Ordnung bringen. Hat nicht Tante neulich von der Dame gesprochen? Er hat nicht aufgepaßt. Sie war krank oder so. Versuchen kann man es ja.

Jenseits der Sykomore ist eine Stelle, wo der Maschendraht des Zauns nicht bis ganz unten geht. Beim Durchkriechen reißt ein Knopf ab. Als Christoph sich aufrichtet und auf das fremde Haus zugeht, ist ihm zumute wie damals, als er in die mannshohen Brennesseln lief, um dem Harvey aus der sechsten Klasse zu beweisen, daß er nicht feige ist. Hinter einer Tür fängt ein Hund an zu bellen. Eine Dame in Schwarz, die am Blumenfenster welke Blättchen abzupft, dreht sich um und bemerkt mit einer Art müder Selbstverständlichkeit, daß Christoph im Zimmer steht. Ohne zu lächeln fragt sie ihn, wo er herkommt und was er will. Bei ihrem schwarzen Kleid fällt es Christoph siedendheiß ein, daß hier das Trauerhaus von dem Schauspieler ist. Schon jetzt tut es ihm leid, daß er gekommen ist. So etwas wie die Dame hat er noch nie gesehen, mit so weit auseinanderstehenden Augen, vor denen die Wimpern hängen wie Streifen aus dunklem Stoff. Sie gleicht der heiligen Katharina aus der Schulkapelle, aber nicht sehr, und ist ebenfalls alt, ungefähr dreißig. Er spielt mit dem Kettchen in der Hosentasche und fragt stokkend, ob wohl die jungen Hunde noch da sind und ob vielleicht einer dabei ist, ein kleinerer, nicht so schöner, den niemand will. Er möchte nicht unbescheiden sein, weil er nur noch einen Dollar hat. Er blickt sich im Zimmer um, um sich Mut zu machen, ehe er fragt, was so einer denn kosten würde.

Auf dem Schreibtisch steht ein großes silbergerahmtes Foto von einem Mann, der ihm bekannt vorkommt. Er schaut schnell wieder weg, aber an dem tauben, kribbelnden Gefühl im Magen merkt er, daß er ihn bereits erkannt hat: es ist der Fahrer aus dem Wagen, dem das Amulett herunterfiel. Jetzt sitzt Christoph schön in der Tinte. Er kann nicht einfach weggehen und behaupten, er habe es sich anders überlegt. Jetzt hilft nichts mehr als die Wahrheit, wie bei Schwester Benedikte, die dann viel leichtere Strafen gibt.

Drei Schritte sind es bis zu der teilnahmslos dastehenden Dame. Sie sind schwer, viel schwerer als damals der Lauf in die Brennesseln. Mit glühenden Ohren, trocken schluckend, zieht Christoph das Kettchen heraus und reicht es ihr hin, wobei er mit dem Kinn einen Ruck zu dem Bild hin macht.

»Hier!« sagt er beinahe patzig, »es ist seins. Ist das der, der tot ist? Ich hab' das Ding nicht genommen. Ich kam zum Auto, als es schon stand …«

Die Augen der Dame werden immer größer, werden unheimlich groß.

»Also die Sache war so …«, beginnt Christoph noch einmal und erklärt alles umständlich. Doch die Erwachsenen hören ja selten richtig zu.

Auch diese Dame, die mit einem erstickten Laut seine nicht sehr saubere Hand samt dem Kettchen mit beiden Händen umgreift, scheint nicht recht zuzuhören. Sie starrt auf das Amulett nieder und sagt tonlos wieder und wieder: »Er hat es getragen, er hat es immer noch getragen, er hat es bis zuletzt getragen ...« Sie kommt Christoph etwas töricht vor. Sie zerrt ihn hastig an das große Photo heran, fragt stammelnd, ob er sicher ist, ob er sich auch nicht irrt, ob er auch ganz bestimmt sicher ist. Quer über das Hemd des Mannes steht mit Tinte: Für Felicity. Christoph spricht den Namen halblaut vor sich hin. Er klingt noch immer wie ein Ort, den es nicht gibt und zu dem man nicht hinfahren kann. »Ja, ganz sicher«, meint er gleichmütig. »Zweimal hat er es gesagt, Fe-li-city, ehe er ...«

Christoph spricht nicht weiter, weil er seit einigen Minuten weiß, was er damals mitangesehen hat, und weil es der Dame viel auszumachen scheint. Ihre Lippen zittern, sie strahlt, und dann wird doch ein Weinen draus, ein komisches, erlöstes Weinen. Die Erwachsenen sind unbegreiflich, und die Dame macht darin keine Ausnahme. Sie ist nicht böse. Sie geht neben Christoph in die Knie, zieht ihn an sich. Er hat nicht gewußt, daß das, was er ihr bringt, so kostbar ist. Etwas erstaunt blickt er auf ihr Haar nieder, das ihr wegen ihres Schluchzens langsam übers Ohr rutscht wie ein Seidenvorhang und nach Jasmin riecht.

»Bitte könnte ich jetzt wohl die Hunde anschauen?« fragt er höflich und voller Hoffnung.

Anekdote aus dem hohen Norden

Die Begebenheit hat sich in Norwegen oder Schweden an einer einsamen Küste zugetragen. Früher hätte man sie wohl in ein Buch mit Kalendergeschichten unter dem Titel ›Heldentat einer Mutter‹ aufgenommen. Sie beginnt wie viele Anekdoten und Märchen damit, daß der Vater auf große Fahrt geht und die Mutter mit den Kindern allein zurückläßt. In diesem Fall war er Fischer und blieb mit dem Boot oft wochenlang fort. Das Haus lag völlig einsam oben an der Steilküste. Im Spätherbst fuhr er noch mal aus: »Wirst du es schaffen?« fragte er. »Sicher«, sagte die Frau, »Hanna ist ja schon acht und hilft mir bei den Kleinen.«

»Eh es Winter wird, bin ich da und hole euch in die Stadt«, sagte er.

Wochen vergingen, es wurden Monate. Es fiel Schnee, er machte die Wege unpassierbar. Nachbarn, die hätten hereinschauen können, gab es nicht, nur Krähen und Füchse. Die Frau wurde krank. Vielleicht war sie es vorher schon gewesen. Sie hustete Blut und wurde immer schwächer. Schließlich lag sie nur noch auf der Pritsche in der Wohnküche. Von dort aus leitete sie die Achtjährige beim Kochen an, beim Versorgen der übrigen Kinder. Es war genügend Holz da, genügend Dörrfleisch und Rosinen. Eines Tages sagte sie: »Hanna, meine Große, ich muß mit dir reden, weil ich nicht länger warten kann. Dein Vater hat sich verspätet, und der Winter ist da. Ich werde bald fortmüssen. Du darfst dich nicht fürchten, wenn ich sehr weiß aussehe und dir nicht mehr antworte. Aber die Kleinen werden Angst haben. Ich will nicht, daß sie Angst haben. Sie sollen mich so nicht sehen.«

Sachlich und ernsthaft berät sie mit der Tochter, wie sie ihr in den Schuppen hinüberhelfen soll, wie sie stützen, damit sie es gemeinsam schaffen, und was danach zu geschehen hat.

Eines Nachts kurz danach weckt sie die Älteste, läßt sich in ihr schönstes Nachthemd helfen, das mit den Häkelspitzen am Hals. Sie küßt die Kleinen, sie wiegt den Jüngsten, keines wacht so recht auf. Barfuß, schwer auf der Achtjährigen lastend, schleppt sie sich zum Schuppen, wo das Bügelbrett auf zwei Stuhlsitze gelegt ist. Sie blickt wohl auch durch die offene Schuppentür noch einmal den leeren Weg entlang, auf dem niemand kommt und auf dem Schnee und Mondlicht liegen, ehe sie sich auf das Bügelbrett streckt. Es ist sehr kalt. »Soll ich dir nicht eine warme Decke holen, Mutter?« fragt das Kind. Aber die Mutter will nur mit einem Leintuch zugedeckt sein. Sie kann nur noch flüstern, aber sie scheint tief innerlich erleichtert, daß sie es noch mit eigener Kraft geschafft hat. »Hanna, meine Große, du warst mir ein solcher Trost«, sagt sie, oder doch etwas in dem Sinne, und ermahnt sie noch einmal, alles zu tun, was ihr aufgetragen ist. Ein kurzes Weilchen noch sitzt das Kind bei ihr, hält ihre Hand fest und versucht, sie mit seinem Hauch zu wärmen. Dann steht es auf, verbindet der Mutter die Augen wie zum Blindekuh-Spiel, bindet ihr auch die Hände zusammen, mit einem Schürzenband. Es verschließt die Schuppentür, zieht den Schlüssel ab, geht ins Haus und kriecht halberstarrt ins warme Bett zu den Kleinen.

Am nächsten Morgen sagt sie ihnen, daß die Mutter fortgegangen sei. Erst weinen sie, aber bald hören sie damit auf, weil alles weiterläuft wie bisher. Draußen heult der Schneesturm. Die große Schwester kocht für sie, spielt mit ihnen. Jede Nacht, wenn die Kleinen schlafen, schleicht sie sich aus dem Haus, zum Schuppen hinüber, schließt auf und sieht nach, ob alles unverändert ist. Es ist unverändert. Es ist so, wie die Mutter es haben wollte, die sehr weiß aussieht und nicht antwortet.

Nach Wochen klingt das Wetter ab, und eines Tages kommt ein erschöpfter Mann auf Schneereifen, um auszurichten, der Vater sei ertrunken. Er alarmiert dann die zuständigen Stellen.

Die Tote ist, wenn ich mich recht erinnere, mit großem Pomp auf Staatskosten beerdigt worden, und man hat auf ihren Grabstein einen Spruch gemeißelt, der von der Kraft des Herzens handelt. Ich habe ihn nicht behalten, ebensowenig wie den Ort, an dem es geschah. Beides schien mir nicht mehr zu der Geschichte zu gehören.

Als der Besuch, sich ergriffen die Augen tupfend, gegangen war, sahen die beiden Tanten einander an.

»Dem Kinde sagen wir vorläufig gar nichts«, beschloß die eine. »Man weiß nicht, wie es auf sie wirken wird.«

»Nein, das weiß man nicht«, bestätigte die andere. Ein beständiges, schräges Kopfschütteln gab ihren Worten etwas zweifelnd Mißbilligendes.

»Wann war Sylvia denn mit den jungen Leuten zusammen?« begann die erste Tante wieder. »Es kann höchstens eine Woche her sein. Mein Gott, wo sie sowieso derartig exaltiert ist. Es ist ja auch entsetzlich. Die armen Eltern.« Sie setzte die Gläser zusammen, die alle noch halb gefüllt waren, und trug sie hinaus.

Das Kind Sylvia war am Ende des Parks damit beschäftigt, einen dreieckigen Stein auf eine kleine Anhöhe zu wälzen. Er hatte eine glatte Vorderseite, die sich für Inschriften eignete. Sylvia löste die Haarspange aus ihrem Schopf und kratzte langsam und mit innigem Nachdruck auf den Stein: Hier ruht Maria Stuart, Königin der Schotten. Als der Stein wieder gerade stand, glättete sie ringsumher das Gras und machte einen kleinen Weg zu der Anhöhe hinauf. Sie hackte eine Stufe hinein, auf der man vor dem Stein knien und ein wenig weinen oder beten konnte. Die Geschichte der jungen, schönen Königin, die man enthauptet hatte, war so ergreifend. Sylvia wollte die Ligustersträucher dazu bringen, sich über dem Gedenkstein zu wölben. Aber dazu brauchte sie eine Schnur. Sie zog die rutschenden Ringelsöckchen hoch und lief ins Haus.

In der Küche saß Hedwig, das neue Mädchen, und schälte Gurken. Sie war noch nicht lange im Hause und hatte für die Behandlung des Kindes Sylvia von den Tanten keinerlei Weisungen erhalten. So begann sie denn ohne Umschweife. »Den Herrn Wolfgang und das Fräulein Ilse wirst du doch gekannt haben, oder?«

Sylvia sah zu, wie das Messer unter der grünen Gurkenschale entlangglitt, und erwiderte abwesend. »Ja – und?« Sie hatte alle beide nicht gemocht.

Wolfgang hatte sie nach einigen Tänzen fühlen lassen, daß sie mit ihren zwölf Jahren noch nicht mitzählte, und Ilse lachte zu schrill. Sie wandte sich uninteressiert ab und suchte in der Küchenschublade nach einer Schnur.

Hedwig ließ sich die Sensation nicht entgehen. Nachdem sie eine neue Gurke angeschnitten und mit der Zungenspitze versucht hatte, welches das bittere Ende war, sagte sie beiläufig: »Na, ich dachte ja nur … Erst sollte er ja wohl sie erschossen haben und dann erst sich. Aber nun heißt es, sie hätten sich alle beide darübergelehnt – über das Jagdgewehr, meine ich, und mit der großen Zehe abgedrückt. Heiraten hätten sie ja nicht dürfen, weil sie noch zu jung waren, heißt es.«

Sylvia war zuerst sprachlos. Dann löste sich ihr Erstaunen in unziemlicher Heiterkeit. »Mit der großen Zehe, na so was, ja kitzelt denn das nicht?« Plötzlich fiel ihr etwas ein. Sie machte ein ernstes Gesicht und stieß das Schubfach zu. »Was sagen denn die Tanten?«

»Na, die Damen waren ja ganz entzwei«, meinte die resolute Hedwig und begann die Gurken zu hobeln. »Es ist ja auch zu schrecklich. Ein richtiges Drama.«

Dies war etwas, das überlegt werden mußte. Sylvia holte sich zwei Äpfel und schob sie in die Tasche. Vergeblich versuchte sie, sich das junge Paar bleich und tot auf einer blumenbekränzten

Bahre vorzustellen. Sie versuchte zu bereuen, daß sie gelacht hatte. Es ging nicht. Sie fand das Ganze nicht schrecklich. Es war nicht einmal traurig. Es war überhaupt nichts. Wie die Tanten es ihr wohl nachher beibringen würden? Sylvia konnte auf Befehl weinen. Die Szene konnte noch ein wenig Glanz gewinnen. Vielleicht ließ sich sogar die Klavierstunde dadurch vermeiden. Man würde sehen.

Mit einem Seitenblick auf die hobelnde Hedwig trollte sie sich wieder in den Park. Dort kniete sie auf der Stufe vor dem Grabe Maria Stuarts nieder, hockte sich dann aber doch auf die Fersen, weil es bequemer war, und biß in einen Apfel.

Wir sehen einer Kältewelle entgegen . . .

Auf der Glasscheibe der Tür verneigten sich bleigefaßte Tulpen, und an der Wand hing noch immer der Zeitungshalter, auf dem sich Brandmalerei und Perlenstickerei vereinigten. Als die Pension noch Großmamas Wohnung war, hatte das Eßzimmer weniger hoch und düster ausgesehen. Gerade wollte ich den Zeitungshalter näher besehen, da kamen sie alle zum Kaffeetrinken angeschlurft, und ich trat einen Schritt zurück, denn manche sahen trotz ihres Alters noch ganz gut. Wir setzten uns in unregelmäßigen Zeitabständen um den ovalen Tisch. Bei manchen dauerte es länger. »Nicht helfen, nicht helfen!« raunte mir die Pensionsinhaberin zu, als ich aufspringen wollte.

Die eingeschenkten Kaffeetassen erreichten nicht alle ohne Unfall das untere Tischende. Die Kuchenschüssel ging herum. Die Geheimrätin kniff abwehrend den Mund zusammen und gab den Kuchen nicht weiter. Man mußte über sie hinweggreifen. »Hart, wie immer«, murmelte sie giftig, »wer soll das beißen.« Fräulein Paula, ihre Nachbarin, blinzelte, warf einen raschen

Seitenblick auf die Geheimrätin und nahm drei Stück auf einmal. Sie kaute so heftig, daß ihr Gesichtsausdruck in diesem Aufruhr unterging, und schlürfte genußvoll. Sie war es, die nach jedem Weihnachten, jedem Geburtstag Nachschriften zu ihrem Testament aufsetzte. Der jüngst hinzugekommene Regenschirm oder das Paar Filzschuhe mußte ordnungsgemäß verbucht werden.

Der Oberst, der mit der Tasse sehr stark auf der Untertasse trillerte, erzählte, er habe heute einen Brief von seinem Neffen bekommen. Ein sehr orientierter Mann, sein Neffe, er arbeite im Kreisbauamt in Neustadt.

Herr Nentwig, der fast hinter der Kaffeemütze verschwand, nahm die Hand vom Ohr. Neustadt sei ihm wohlbekannt, sagte er, er habe einige Jahre dort gelebt. Man erklärte ihm, es handele sich um Neustadt an der Weinstraße. Gewiß doch, Neustadt an der Dosse, er habe ja selbst dort gewohnt, und zwar im Jahre 1910 bis etwa – bis – lassen Sie mich nachdenken ... Man ließ ihn nachdenken. In der Stille hörte man in der Runde die Gebisse knacken.

Plötzlich setzte die Geheimrätin eine Taschenbatterie, von der eine schwarze Schnur zu ihrem Ohr lief, vor die Pensionsinhaberin hin und sagte mit unerwarteter Schärfe, daß sie ihre letzten Verfügungen zugunsten einer Nichte geändert habe. Ihre Schwester, die wohl damit rechne, bedacht zu werden, habe sie seit Oktober nicht besucht. Jawohl, seit Oktober. Die Pensionsinhaberin neigte sich vor und sagte: »Ach, sehen Sie mal an« in das Taschenhörgerät. Es sah aus, als hätte sie hineingespuckt.

Fräulein Paula wandte sich zu mir und raunte, die Majorin hätte gestern wieder zwei Herzattacken gehabt. »Ich bekomme dann ihr Südzimmer«, sagte sie und nahm ziemlich viel Zucker. Ich wußte nicht, ob »Wie schön!« oder »Wie schrecklich« von mir erwartet wurde, fing an zu schwitzen und suchte meine Handtasche. Sie fiel mit Donnergepolter vom Stuhl. Niemand nahm Notiz davon. Der Oberst betrachtete mich eine Weile, und seine rechte Gesichtshälfte zuckte. Dann sagte er höflich, wir sähen einer Kältewelle entgegen. Er bedauere dies um so mehr, als es in seinem Zimmer zöge. Er habe zwar schon wiederholt darauf hingewiesen, doch ohne Erfolg. Sein Rheuma reagiere sehr unangenehm auf Zug.

Die Majorin unterbrach ihn unvermittelt. »Die Kältewelle soll schlimmer werden als 1928«, sagte sie mit hoher, zitternder Stimme, »ich werde sie gottlob nicht mehr erleben.« Sie zog die Schultern unter dem gestrickten Schal behaglich krumm, als wärme sie sich an einem Ofen. »Noch so ein Anfall, hat der Arzt meinem Sohn gesagt, noch so ein Anfall, und ich garantiere für nichts. Sie dachten natürlich, ich höre sie nicht. Ich höre ausgezeichnet, viel besser als gewisse Leute.«

Sie schmunzelte, und es sah aus, als schöben sich ihre Gesichtsknochen ineinander. »In Amerika hat sie schon begonnen, die Kältewelle«, sagte sie schrill und sah schadenfroh in die Runde. Glücklicherweise stand jemand auf, ohne sich zu verabschieden, und auch die anderen tasteten nach ihren Stöcken, die sich mit den Krücken in den hölzernen Auswüchsen der Stuhllehnen verfangen hatten.

Ich hatte Muskelschmerzen, als hätte ich mich zu lange gerade gehalten, und ging schnell den Gang entlang zur Küche, um die getreue Leni wiederzusehen, schon weil sie jung war.

Beim Öffnen der Küchentür sah ich, daß auf den grauen Küchenbalkon mit dem gerippten Blechboden vereinzelte Schneeflocken wehten. Die Küche war schön aufgeräumt, und mittendrin saß die Leni am Tisch, trank aus der dicken Tasse und hielt den Löffel zwischen Zeige- und

Mittelfinger fest. Hatte sie eigentlich immer so ausgesehen, so fleckig und flach im Gesicht? Na, wenn sie nur ihrem Gustav gefiel. Seine Photographie stak, zusammen mit einem Wochenhoroskop, einigen Paketgummis und einem Rezept für gedeckten Apfelkuchen, in der Porzellandose auf dem Buffet. Warum begrüßte die Leni mich heute so zurückhaltend? War ich das letzte Mal nicht nett gewesen? Hatte ich sie unwissentlich beleidigt?

»Wie geht's Gustav?« fragte ich munter.

Eine fahle Röte stieg ihr ins Gesicht und machte sie noch häßlicher. »Er kommt nicht mehr«, sagte sie still.

»Aber Leni, was ...«, stotterte ich.

Die Leni schnitt mir die Rede ab. »Das ist nichts für ein so junges Fräulein wie Sie«, sagte sie und stand schwerfällig auf, um am Ausguß Tasse und Löffel abzuspülen. Die Kleider saßen verkehrt auf ihr. Sie war ungefähr im sechsten Monat. Ich hatte ein ähnliches Gefühl im Magen wie beim Russischen Rad, wenn es abwärts geht. Hätte ich doch wenigstens nicht nach ihm gefragt. Nun war nichts mehr zu machen. Die Leni verlängerte die peinliche Stille nicht unnötig. Sie zog ein Schubfach auf, entnahm ihm ein Heft mit Strickanweisungen für Babykleidung, Wolle und Nadeln und ließ sich wieder am Tisch nieder. Ich stand neben ihrem Stuhl und wußte nicht, wo ich die Hände lassen sollte, ich hätte ihr gern etwas Liebes erwiesen oder gesagt, aber sie würde es nicht wollen. Sie fing an, auf einem Muster die Maschen zu zählen, und sagte dann, ohne aufzublicken: »Ich tu' es dann zu meiner Schwester. Sie wohnt draußen auf dem Land.« Auf dem Balkon fielen noch immer die Flocken und schwebten gleichmäßig auf dem Putzeimer, den Schrubber und den Lappen zu. Plötzlich klingelte es, und im altmodischen Glaskasten über der Tür fiel die Nummer vier. Im Eßzimmer war abzuräumen, und die Leni ging.

Draußen auf der Straße lag schon dicker Schnee. Die Gegend war so vornehm, daß die Bäume Drahtkorsetts trugen und die Hunde Maulkörbe. Der einzige Laden weit und breit, eine Drogerie, hatte einen Mann aus Pappe im Schaufenster, der sich in viel zu langsamen Hustenstößen verneigte und dabei ein Papiertaschentuch vor den Mund hielt.

Dem Hausdetektiv entgeht nichts

Im Discountmarkt riecht es schlecht, ein Gemisch aus Moschusseifen, säuerlich riechenden Barchentstoffen, Kunstleder, Bohnerwachs und feuchten Kleidern liegt über den vielen Tischen. Stanniolbeklebte Pfeile mit der Aufschrift »Unser Schlager« deuten von der niederen Decke herab drohend auf Waren, die noch billiger sind als alles andere. Die künstliche Beleuchtung verleiht ihnen ein unnatürliches Glitzern. Vom Schallplattentisch her wehen von Zeit zu Zeit Fetzen eines sentimentalen Liebesliedes, aber sie werden übertönt von der lauten, überanstrengten Stimme einer Frau in weißem Kittel, die den um sie versammelten Hausfrauen ein Küchengerät erklärt und dabei ins Weite blickt wie in Trance.

Neben dem Schreibwarentisch, von einem hohen Stapel Papierservietten fast verborgen, steht ein unauffällig gekleideter Mann, der Warenhausdetektiv. Er sieht alles, keine verdächtige Bewegung einer Einkaufstasche oder einer fremden Hand entgeht ihm. Eines jedoch sieht er nicht, nämlich, daß die Menschen sich in der unwirklichen Beleuchtung zu ähneln beginnen wie Treibholz in einem Strudel. Wenn sich der eine oder andere heraushebt, so nur deswegen, weil er besonders ärmlich oder besonders häßlich ist. Der Warenhausdetektiv poliert seine Nägel am Rockaufschlag und läßt seine Blicke umherschweifen. Können die Wesen, die in diesem schrillen Jahrmarkt eingefangen sind, ihm je wieder entkommen? Wo sind sie zu Hause – warum trifft man sie draußen auf der Straße nicht – den alten Mann mit dem leeren Rucksack auf dem Rücken, der den Unterkiefer zitternd hängen läßt, die blasse, gedunsene Schwangere, die in der Lebensmittelabteilung verschämt und gierig den Aufschnitt aus dem Papier nascht, die vertrocknete alte Frau mit dem zerrissenen Rock, der viel zu große Haarnadeln aus dem unordentlichen Knoten hervorstehen?

Manchmal übertönt ein Glockenzeichen das Lärmgebrodel, und eine Verkäuferin streckt, neben ihrer Kasse stehend, hilfeflehend den Arm in die Höhe wie eine arme Seele auf einer naivfrommen Darstellung des Fegefeuers. Doch dann ist ihr nur das Wechselgeld ausgegangen.

Am Tisch für Modeschmuck ist es ruhig. Die Verkäuferin lehnt sich mit aufgestemmten Armen ein wenig nach vorn, weil die Lampe sie blendet. Sie gleicht einer Gottheit, der man Ströme von Talmi-Brillanten, falschen Perlen und Straßclips zum Opfer gebracht hat. Sie würde sich gern mit dem Fräulein von der Kunstabteilung drüben an der anderen Wand unterhalten. Dort hängen über- und durcheinander die Hinterglasbilder von Kätzchen in zierlichen Körbchen und von Heiligen, die durch heidelbeerblaue Mondscheinlandschaften wandern.

Eine unscheinbare Frau, die zwischen den Tischen entlangschlendert, bleibt plötzlich stehen. Sie ist etwa fünfzig und so wenig interessant, daß sie mit den Einheitspreisen ringsum förmlich verschmilzt. Ihr Unterrock ist länger als ihr Kleid, das Kleid wiederum länger als der Mantel. An ihrem Hinterkopf hängen einige Haarsträhnen auf den abgeschabten Samtkragen. Was nur fixiert sie so angestrengt? Warum bleiben ihre Hände mit der verbeulten Handtasche halb erhoben, als hätten sie vergessen, daß sie etwas tragen? Der Detektiv, der schon eine dienstliche Miene aufgesetzt hat, wendet sich wieder ab. Wer stehlen will, benimmt sich nicht so auffällig. Die Frau bleibt regungslos stehen und sieht zum Spielzeugtisch hinüber, wo inmitten des Gewühls ein kleines Mädchen die Spielsachen betrachtet. Es ist ein auffallend schönes Kind, angezogen wie die lebensgroßen Puppen in teuren Geschäften. Seine großen, leuchtend blauen Augen hängen an den Händen der Verkäuferin, die einen braunen Bären mit nach oben verdrehten Beinchen in eine zu kleine Tüte zwängt. Das Kind wundert sich vielleicht darüber, wie lieblos die Erwachsenen mit einem Bärchen umgehen. Es weiß ebensowenig wie der Detektiv, daß hier die Hölle ist, eine der vielen Höllen auf Erden. Es achtet nur auf das Bärchen, und erst als die Käuferin mit ihrer Tüte vom Tisch wegdrängt, bemerkt es, daß es seit einer Weile allein ist. Es wendet sich langsam um und steht nun mit dem Rücken zur Kasse. In seinem Gesicht zeigt sich weder Angst noch Ungeduld. Die Mutter wird schon wiederkommen. Aus seinem kleinen kostbaren Muff zieht es ein Tüchlein und wedelt spielerisch damit. Die Frau mit dem wenig ansprechenden Äußeren nähert sich ihm, beugt sich tief zu ihm herab, als wolle sie vor ihm niederknien, und spricht es an. Das Fräulein vom Schmucktisch, das den Vorgang gedankenlos beobachtet hat, wird gerade abgelöst und kümmert sich nicht darum, was weiter geschieht. Es fällt niemandem auf, daß die verkommene Frau in der uralten mütterlichen Geste, mit der sie sich schützend über das Kind an ihrer Hand neigt, ein wenig von ihrer Menschenwürde wiedergewinnt. Das Kind läßt sich unbewegten Gesichts zum Ausgang führen. Es geht gern mit der Tante, die zu Hause noch viel größere und schönere Bärchen hat. Es ist auch nicht weit, sie werden gleich zurück sein. Der Frau brennen zwei kreisrunde rote Flecke auf den Wangen. Sie ist auf das erstaunlichste verändert, ja verschönt. Eine wilde, fast groteske Zärtlichkeit hat sich in ihrem Gesicht ausgebreitet wie Sprünge in einem Glas, das ein Stein getroffen hat. jenseits der Türen, wo die frische Luft berauschend und ernüchternd zugleich auf sie eindringt, hebt sie das kleine Ding hoch und trägt es auf den Armen, dumme kleine Liebesworte murmelnd, die unbeholfen aus ihrem Mund stolpern, weil sie ein Menschenalter lang nicht ausgesprochen worden sind.

Um die Zeit der Dämmerung fängt es draußen an zu schneien. Drinnen in dem billigen Kaufhaus merkt man davon nichts. Der Schnee ist hier künstlich, und die übergroßen Pappmachéstiefel von St. Nikolaus auf dem Mitteltisch mit den Galanteriewaren und Geschenkartikeln hinterlassen in ihm keine Spur. Er glitzert auch zu stark, wie die Schmuckstücke des Fräuleins zwischen ihren Straßnadeln, deren Tisch jetzt von Neugierigen umlagert ist. Vor der Tür mit der Aufschrift »Notausgang«, die direkt neben ihr in einen Hof führt, hat man einen Stuhl gestellt. Auf ihm sitzt blaß und verweint eine junge Frau und putzt sich die Nase. Der Detektiv, der endlich in Erscheinung treten darf, spricht auf sie ein. Außerdem ist auch noch ein Polizist da, der notiert, was das Fräulein vom Schmucktisch immer wieder berichtet. Sie versucht die Frau zu beschreiben, die das verschwundene Mädchen angesprochen hat, es fällt ihr kein besonderes Merkmal ein. Noch während sie redet und dabei beide Hände zu Hilfe nimmt, verläuft sich die den Tisch umlagernde Menge, enttäuscht, daß die Weinende keine ertappte Ladendiebin ist. Durch den entstehenden freien Raum nähert sich unbemerkt eine schäbig gekleidete Frau in zu kurzem Mantel. Auf ihrem Arm trägt sie ein auffallend schönes Kind, das durchaus lebendig und unverletzt, nur etwas müde und mißmutig zu sein scheint. Es hält einen großen, räudigen Teddy umfaßt, und auf seinem Kinn sind Schokoladenspuren. Während der Detektiv mit erleichtertem »Na, also!« der fassungslosen Mutter das Kind übergibt, die es unter Freudentränen an sich preßt, obliegt es dem Polizisten, ein Protokoll aufzunehmen.

Aber der ältlichen Person, die nun streng behördlich befragt den frei gewordenen Stuhl am Notausgang einnimmt, ist keine Erklärung zu entreißen. Sie scheint sich nicht einmal darüber zu freuen, daß die Mutter trotz der ausgestandenen Ängste auf eine polizeiliche Verfolgung des Falles verzichtet. Wahrscheinlich hört sie gar nicht, was man zu ihr sagt. Sie hat zurückgegeben, was ihr nicht gehört und auch in diesem Leben nicht gehören wird. Vom Brodeln der Geräusche und Gerüche aufs neue betäubt, sieht sie mit erloschenem Blick auf das ausgestopfte Spieltier nieder, das nun seine Bedeutung verloren hat und ihr ungeschickt vom Schoß hängt. Als sie wieder aufschaut, erblickt sie das kleine Mädchen, das durch das Menschengewühl zum Ausgang getragen wird. Noch einmal kommt Bewegung in die zu reizloser Armseligkeit erstarrte Maske. Der Mund zittert, sie beginnt lautlos zu weinen.

Da hebt das Kind die Hand und winkt über die Schulter der Mutter zu ihr zurück. Einen Augenblick lang liegt in der kleinen Bewegung alle Schönheit und Unschuld, die es in diesem trostlosen Kaufhaus nicht gibt. Einen Augenblick lang noch ist die fremde Tante in die unerreichbare, andere Welt der Liebe einbezogen. Und so sehen der Polizist, der gerade sein Notizbuch zuklappt, und der Hausdetektiv, dem nichts entgeht, zu ihrem Erstaunen, wie sich das tränenüberströmte Gesicht der schäbigen Frau zu einem Lächeln verklärt.

Meldung im Lokalteil

Es ist ganz einfach zuviel, sagte Jeannette laut zu sich in ihrem Zimmer in der Rue Gaumartin. Sie mußte beinahe schreien, denn soeben fuhr der 16 Uhr 46 vorüber. Die halbblinden Fensterscheiben und das Glas auf dem gesprungenen Waschtisch klirrten. Dann wurde es wieder so still, wie es in dem ewig rumorenden Paris werden konnte.

Zu allem übrigen auch das noch, dachte Jeannette. Sie meinte nicht das einsame Leben als Tänzerin, nicht das verbissene Sparenmüssen, nicht das tägliche Training im Staub- und Schweißgeruch. Sie meinte den Brief von Henri aus Besançon. Als künftige Primaballerina sei sie ihm und seinem Geschäft ja doch wohl entwachsen, schrieb er aalglatt, er würde sie stets in freundlicher Erinnerung behalten, ja er freue sich schon darauf, anläßlich eines Gastspiels ihren Namen fettgedruckt …

Na ja, Schwamm über Henri, er war sowieso nur eine Art Rückversicherung gewesen, ein Stück gemeinsamer Jugenderinnerungen.

Und jetzt, wo nach all der Finsternis das Licht

kommen sollte, jetzt bekam die Danilow die Rolle. Dafür nun jahrelang das Gekrieche vor Madame Gruschewitzky und ihrer Favoritinnenwirtschaft, immer in der Hoffnung, daß Madame doch nicht blind sein könne, daß sie, wenn's darauf ankäme, nach dem Können besetzen würde. Und dann gab sie die große Solopartie der Danilow. Der Danilow, diesem seelenlosen Pirouettenautomaten.

Und was jetzt? Einfach immer so weitermachen? Als Null, als kleiner Niemand aus Besançon? Wo sie doch besser tanzte als die Danilow? Bei dem Krokodil von Madame auf die nächste Chance hoffen?

Nein, es paßt mir nicht, ich mag nicht mehr, ich mach' Schluß, sagte Jeannette grimmig zu dem abblätternden Anstrich hinterm Bett. Eines war sicher, nach Hause fahren und demütig beim Stiefvater wieder auftauchen würde sie nicht.

Lieber tot, sagte Jeannette laut und trank einen Schluck Wasser aus dem Zahnputzglas, das gerade wieder unter der Erschütterung eines durchfahrenden Zuges zu klirren anfing. Ich dreh' den Gashahn auf. Nein, das geht nicht, dann fliegt nachher das Haus in die Luft und die nette Madame Marchand im 3. Stock mit, die mich neulich zum Kaffee eingeladen hat. Lieber werf' ich mich unter einen der Züge, die mich hier immer verrückt gemacht haben. Vor Mitleid mit ihrem prachtvoll durchtrainierten Körper, der in diesem Fall in Portionen zerteilt werden würde, begann Jeannette trocken zu schluchzen. Vielleicht fiel ihr noch etwas anderes ein. Vielleicht vom Eiffelturm springen … Oder ins Wasser …?

Nur erst mal raus hier! Draußen konnte noch irgend etwas dazwischenkommen. Unerhörtes konnte geschehen. Die Danilow selbst konnte ihr begegnen und sie bitten, doch an ihrer Stelle die Solopartie …

Quatsch, alles Quatsch, dachte Jeannette und weinte nun jammernd, über den Waschtisch geneigt. Nichts wird passieren, Wunder kommen nicht vor. Aus! Aus! Schluß!

Sie fuhr in den Mantel und knöpfte ihn sorgfältig zu. Niemand will schließlich frieren, auch wenn er fest entschlossen ist, sich umzubringen, denn es war März und noch ziemlich kalt.

Sie lief die Treppe hinunter, an Besen und leeren Milchflaschen vorüber, und schlug den Kragen hoch, damit keiner sah, wie verheult sie war. Durchs Schiebefenster der Concierge-Loge drang Essengeruch, die Dubois' kochten ja zu jeder Tageszeit, geschmorte Nieren mal wieder. Madame war einkaufen gegangen, Monsieur und die mächtige gelbäugige Katze blickten Jeannette entgegen wie die Götzenbilder. Monsieur Dubois lutschte an seinem Backenzahn und gab schmatzende Geräusche von sich, wodurch er seine Äußerung bedeutungsvoll zu unterstreichen schien.

»Guten Morgen, Mademoiselle«, sagte er. »Keine Post heute.«

Mein Gott, Post, dachte Jeannette von plötzlicher Panik erfaßt, einen Brief hätte ich vielleicht hinterlassen sollen. Vielleicht wird irgendwer für meinen Tod verantwortlich gemacht. Na, sollen sie sehen, wie sie zurechtkommen.

Monsieur Dubois wandte den Blick nicht von ihr. Die Katze schlug die Vorderpfoten unter, als sei nun alles unwiderruflich und kein Einspruch mehr möglich. »Morgen vielleicht wieder, man weiß nie ...«, sagte der Concierge und registrierte, daß sie nicht wie sonst auf seinen Guten Morgen mit einem Scherz reagiert hatte, weil schon Nachmittag war.

Mit einem dumpfen Laut als Abschiedsgruß stürzte Jeannette die letzten Stufen hinunter und aus der Haustür. Wie deutlich einem alles wurde, wenn man es zum letzten Mal sah: die triefend nassen Stämme glänzten wie schwarz lakkiert, der Wind fuhr einem durchs Gesicht wie eine Hand. Auf der Seinebrücke war zuerst noch eine Frau, die zwei schwere Markttaschen schleppte, dann niemand mehr. Ein eiliger Radfahrer kam mit schwirrendem Ton vorüber, trat mächtig in die Pedale und verschwand. Jeannette ging ans Geländer und schaute hinunter ins ölig-dunkle Wasser.

Die zweite Hälfte der Flasche hätte ich nicht mehr trinken dürfen, überhaupt war der Cognac auf der Abschiedsparty des Balkanehepaares schlecht, und dann das Ganze mittags, dachte Marcel. Ich wollte sie nicht kränken, wo sie doch morgen wegziehen und meine Nachbarn waren.

Er schwankte plötzlich, als habe sich das Trottoir gesenkt und wieder gehoben. Er fluchte halblaut und stützte sich mit der Kunstmappe ab, in der die neuen Plakatentwürfe steckten, in sauberen Passepartouts, das Ganze mit Leinenbändchen zugebunden. Das letzte Mal war die Firma nicht zufrieden gewesen. Der Abteilungsleiter hatte den Mund verzogen.

»Zu konventionell, zu brav«, hatte er gesagt. »Riskieren Sie mal was, junger Mann. Sie sind begabt. Enthemmen Sie sich gefälligst, machen Sie Außergewöhnliches!« Eine Unverschämtheit so was, dachte Marcel. Er und konventionell! Schockierend waren die neuen Entwürfe, einfach schockierend. Die Leute würden davor stehenbleiben.

Zunächst mußte Marcel selber stehenbleiben. Eine Frau mit schwerbeladenen Einkaufstaschen tauchte vor ihm auf. Er wartete, bis sie um ihn einen Bogen geschlagen hatte. Warum schaute sie ihn so mißtrauisch an? Hatte er laut gesprochen? Na, wenn schon. Von nun an würde er überhaupt nur noch das Absurde tun. Er ging bei Rot über die Straße. Der schnelle Radfahrer kam auf ihn zu und bog schimpfend aus. Marcel stapfte entschlossen über die Brücke. Vor ihm im Dunst löste sich etwas vom Geländer und stürzte in die Seine. Ein Stück vom Geländer? Marcel ließ die Mappe zu Boden gleiten und beugte sich über die Brüstung. War das, was da als heller Fleck davontrieb, ein Mensch? Noch ehe ihm einfiel, wer ihn kürzlich zu vorsichtig genannt hatte – wer bloß? –, hatte er schon Jakkett und Schuhe abgeworfen. Eine eisige, harte Materie schlug ihm ins Gesicht. Seine Kleider wurden schwer. Eine respektable Macht, gegen die nichts auszurichten war, wirbelte ihn im

Kreise herum und suchte ihn still und tückisch in etwas Dunklem zu ersticken. Er wurde mit einem Schlag stocknüchtern.

»Hilfe!« schrie er. Und dann nochmals, obwohl er Wasser in den Mund bekam und man nur ein Gurgeln hörte. Seine Hose wog bereits mindestens einen halben Zentner. Etwas Großes, Umrißloses, das nach Teer und Holz roch, fuhr ihm in den Weg, und er umklammerte es dankbar, verzweifelt nach Luft schnappend. Er konnte sich nicht erinnern, was er ursprünglich gewollt hatte und seit wann er im Wasser trieb. Und seit wann war er nicht mehr allein? Zu wem gehörte das Gesicht, gehörten die Hände, die ihn hielten und zogen? Wohin? Schließlich spürte er glitschigen, aber festen Boden unter sich, Stufen, kroch ein Stück und ließ sich vornüber fallen wie ein Sack, stoßweise atmend.

»Los doch, Himmel noch mal«, sagte eine weibliche Stimme, »nun kommen Sie schon zu sich.« Er spürte zwei nicht eben leichte, stark klatschende Ohrfeigen. Tausend Sonnen vor seinen Augen gerannen zu einer beleuchteten Ufertreppe. Droben hingen Köpfe über ein Eisengeländer.

»Ich kann nicht schwimmen«, sagte er beinah erstaunt zu sich selber.

»Das merke ich«, sagte die Stimme zornig. »Warum sind Sie mir überhaupt nachgesprungen, Sie gottverlassener Idiot.« Undeutlich sah er ein Mädchen neben sich auf den Knien liegen, das sich mit dem Ärmel unter der Nase herumfuhr. Die Haare hingen ihr herunter wie Schnittlauch, doch sie war hübsch gewachsen. Marcel interessierte sich im Moment wenig dafür. Er grübelte, ob er gefallen oder gesprungen war. Was zum Teufel ging ihn diese Biene an, die mit irgendeinem Liebeskummer nicht fertig wurde? Er hätte jetzt tot sein können, ersoffen in dem Dreckswasser, das er noch immer ausspie, weggespült, schon in der Morgue aufgebahrt. Das Mädchen stand neben ihm und versuchte sich das Wasser aus Kleidern und Haaren zu drükken. »Wegen Ihnen, wegen Ihnen ...«, begann sie und brach dann übergangslos in Schluchzen aus. Es klang eher erleichtert als unglücklich. »Na, na«, meinte Marcel flau, überzeugt, den Idiotentitel verdient zu haben. In tiefer dankbarer Freude am Atmen und Dasein klopfte er ungeschickt auf die magere, nasse Schulter vor sich. Wer hatte nun eigentlich wessen Leben gerettet?

Sirenengeheul näherte sich. Mit federndem Schritt kamen Uniformierte die Böschung herab, zückten Notizbücher, stellten Fragen und nahmen die Versatzstücke der Komödie in Augenschein: einen Damenmantel, eine Kunstmappe, mit Bändchen zugebunden. »Gehört sie Ihnen, Mademoiselle?« fragte ein Polizist und lugte dienstlich hinein. »Geben Sie schon her«, sagte Marcel knapp. Es geriet ihm unerwartet staccato, weil ihm die Zähne klapperten. »Ziehen Sie sich erst mal um. Nachher kommen Sie auf die Wache und erklären uns den Hergang. Brauchen Sie einen Arzt?« hieß es streng, aber väterlich. Sie brauchten keinen. Die ersten Zuschauer verliefen sich bereits. Ein Kind fragte enttäuscht: »Wieso ist jetzt keiner tot, Papi?« und wurde weggeführt. Jeannette fühlte, wie ein wildes, sinnloses Glücksgefühl sie allmählich bis in die Fingerspitzen durchdrang. »Ich wohne nicht weit«, sagte sie halblaut. »Wir müssen uns aufwärmen, kommen Sie.« Sie fühlte sich für den schlotternden jungen Mann verantwortlich. Noch immer wie betäubt, folgte ihr Marcel widerspruchslos. Soeben leuchteten die ersten Straßenlaternen auf.

Der Reporter kam um knappe fünf Minuten zu spät zum Tatort. Die Polizei war bereits abgefahren, die restlichen Zeugen strebten ihrem Alltag zu. »Eine Kunststudentin«, sagte eine

Frau, »was verdient man schon mit Kunst!« – »In letzter Minute kam der Kerl, von dem sie das Kind erwartete, dazu«, sagte eine andere. »Augenblick«, sagte ein kerzengerader ehemaliger Militär. »Es war der junge Mann, der die Selbstmordabsichten hatte. In der Jugend verweichlicht, man kennt das ja. Die junge Person zerrte ihn aus dem Wasser, ich habe es selbst beobachtet.« – »Es war seine Schwester«, sagte ein anderer Mann, an seiner Brille rückend, »keine Spur von erotischer Bindung zwischen ihnen, für so was hat man eine Nase. Natürlich wird wieder eine Romanze daraus gemacht!« Der schnelle Radler, der umgekehrt war, ein Typ, der auch bei jedem Verkehrsunfall anhielt, nahm das Bein vom Trottoir. »Prima Rettungsgriff, die Kleine. Gelernt ist gelernt«, sagte er lakonisch und strampelte wieder los.

Der Reporter fragte in einem Bistro an der Ekke, geriet zweimal in falsche Häuser und stand schließlich vor einer Conciergen-Loge, aus der es durchdringend nach geschmorten Nieren roch. Eine riesige Katze saß mit untergeschlagenen Pfoten hinter der Fensterscheibe und sah ihn so an, daß er sich an den Hals fuhr und seinen Schlips zurechtrückte. Monsieur Dubois bückte sich und blickte von unten zu ihm auf.

»Zu wem, Monsieur?« fragte er. Der Reporter kniffte einen Schein in der Längsrichtung, wie er das im Fernsehen gesehen hatte, und stellte auch hier seine Routinefragen. Unbewegten Gesichts steckte Monsieur Dubois den Schein ein.

»Mademoiselle Jeannette wohnt im zweiten Stock«, sagte er. »Sie ist nicht Kunststudentin, sondern Tänzerin. Sehr gute übrigens. Meine Frau und ich waren mal in einer Matinee. Sie lebt allein. Ein junger Mann? Was für ein junger Mann? Dies ist ein respektables Haus, Monsieur. Ah, ich verstehe, Sie meinen den jungen Anstreicher, den sie zum Aufwärmen mitgebracht hat. Vor einer guten halben Stunde etwa. Der war vom Gerüst gefallen, glücklicherweise in die Seine, sonst wäre er jetzt tot.«

»Unsinn! An der Seine stehen keine Gerüste!« Monsieur Dubois schmatzte an seinem Backenzahn. »Na, Sie müssen es ja wissen«, sagte er dann. Der Reporter, der bereits das dritte Mal das Standbein wechselte, sah auf die Uhr. Er mußte um sieben in Orly sein, um einen Filmstar zu empfangen. »Sie wollen also behaupten, die zwei hätten sich heute nachmittag zum ersten Mal gesehen?« fragte er mit müder Ironie.

Der Concierge hob die Schultern und fühlte gedankenvoll nach dem Schein in seiner Westentasche. Der Reporter steckte Block und Kugelschreiber ein. »Das ist von allen Versionen dieser Geschichte wohl die unwahrscheinlichste«, sagte er. Er hatte keine Zeit mehr. Er würde bei der Polizei die nackten Tatsachen erfragen und sie dann kommentarlos im Lokalteil bringen. Mehr war da nicht drin. Schade, eine Liebesgeschichte wäre etwas gewesen: ›Treue Liebe bringt Rettung in letzter Minute‹. Na ja, vielleicht hatte der ankommende Filmstar etwas zu bieten. »Guten Abend«, sagte er und ging.

Ein starker Wind rasselte am Schild »Hôtel de famille«. Einige Buchstaben weigerten sich seit langem, aufzuleuchten. Mieter kamen und holten ihre Post ab. Die Dame aus dem vierten Stock verließ, stark nach Parfum duftend, das Haus. Erst nach Stunden kam der gerettete Anstreicher die Treppe herunter.

Marcel trat entschlossen ans Glasfenster, nannte seinen Namen und sprach etwas Verblüffendes aus: Er kündigte in aller Form in Jeannettes Namen das Zimmer zum nächstmöglichen Termin. Monsieur Dubois zog diesmal nur stumm die Augenbrauen in die Höhe und vergaß zu schmatzen. Marcel lehnte sich ins Fenster und stützte die Ellbogen auf. »Das Zimmer ist nichts für eine Künstlerin, die derart schwer arbeitet, die so nervös ist! Ewig diese vorbeidonnernden Züge, das legt sich aufs Gemüt ... Da kann es dann, wenn man sich Monate und Jahre hindurch auf ein ehrgeiziges Ziel einstellt, bei Enttäuschungen zu gewissen Kurzschlußhandlungen kommen ...«

Der Concierge äußerte nur ein langgezogenes, undeutbares »Ah, aha ...«.

»Wer kennt sich selbst genau«, fuhr Marcel fort, »auch ich war vielleicht unbewußt in einer Krise. Nun, ich sehe, wir verstehen einander, Monsieur ...«

Monsieur Dubois verstand kein Wort, und doch dämmerte es ihm.

»Es ist nun ein äußerst ruhiges Zimmer neben dem meinen freigeworden. Ja, erst heute. Ein Balkanehepaar ist ausgezogen. Da habe ich Mademoiselle zugeredet ...« Marcel redete wie ein Buch in die Gesichter des Concierge und der souverän hingelagerten Katze hinein. Er tat es mit Feuer, ja mit der neuen Würde eines Menschen, der durch Zufall für einen anderen mitverantwortlich geworden ist. Wer draußen im Treppenhaus vorbeiging, sah von Marcel nur die Rückansicht einer Hose, die ihm nicht gehörte: er hing noch immer in die Portiersloge hinein.

Jeannette kam erst viel später, auf hohen Stökkeln, deren Geräusch im Treppenhaus widerhallte. Sie ging hastig, als käme es jetzt auf jede Minute an, doch sie lächelte Monsieur Dubois entschuldigungheischend zu. Er lächelte zurück. Die Katze war aufgestanden und gähnte. »Wenn wieder jemand von der Presse kommt, Mademoiselle, was soll ich sagen?« fragte Monsieur Dubois und schmatzte.

Jeannette war zu Marcel getreten. Sie schlug ihm den Jackettkragen hoch und zog den Schal so zurecht, daß man nicht sah, daß er darunter einen Damenpullover trug. Eine kleine Geste des Behütens, wie sie jemandem ansteht, der sich für einen anderen mitverantwortlich glaubt.

»Gibt es da nicht einen Fachausdruck?« fragte sie über die Schulter. »Ich meine, man sagt ›Kein Kommentar‹.« Dann trat sie mit Marcel hinaus in den Nachtwind von Paris und ging. Beim künstlichen Mondlicht der Neonreklame von gegenüber waren die beiden von einem Liebespaar kaum mehr zu unterscheiden.

Abschied von Herrn Mögelin

Hätte nicht der Neffe darauf gedrungen, Herr Mögelin wäre nie auf den Rummelplatz gegangen. Er haßte Menschenansammlungen, und das Nebeneinander verschiedener Musik verursachte ihm den gleichen Widerwillen wie die modernen Salate mit den vielerlei Zutaten. Dennoch machte er sich auf den Weg, nicht nur um die Behauptung des Neffen, er würde immer schrulliger, Lügen zu strafen, sondern auch um darzutun, daß er das seit Wochen anhaltende Übelbefinden nicht als endgültige Verschlimmerung seines Herzleidens akzeptierte. Er würde nicht lange bleiben, aber sich beweisen, daß die Kraft zur außergewöhnlichen Unternehmung, zum Abweichen vom geregelten Tagesablauf noch reichte. »Das übrige Zeug kannst du dir sparen«, hatte der Neffe geäußert, »aber den Rotor, den muß man gesehen haben, der ist einzigartig.«

Beim Anblick des rötlich glosenden Katastrophenhimmels über der Amüsierstadt überkam Herrn Mögelin eine flatternde Aufgeregtheit, die er durch langsame Stolzierschritte und kopfschüttelndes Mustern der zum Festplatz strebenden Leute in simples Mißvergnügen umzufälschen suchte. Gestoßen, angerempelt und langsam in der Schlucht zwischen angestrahlten Papp- und Holzfassaden vorwärtsgeschoben, suchte er nach dem Rotor und erkundigte sich danach. Man verstand ihn nicht im Geplärr der Anreißer, im Gedudel der Karussellorgeln, im Geschrei der Gespensterbahn, in der durch ein Bandgerät Nervenkitzel bei kaum vorhandenen Fahrgästen vorgetäuscht wurde. Er mußte seine Frage wiederholen und zog dabei den Hut, nicht so sehr aus Höflichkeit, als um zu betonen, daß ihn nichts, aber auch gar nichts mit den Befragten verbände: mit dem Burschen, der statt einer Antwort einen unbestimmten, aggressiven Rülpslaut ausstieß, mit dem Mädchen, das vor Lachen losprustete, wohl weniger über Herrn Mögelin als unter dem Druck der Vorfreude auf Kreischen und Geschwenktwerden.

Für die wenigen Schritte, die Herrn Mögelin noch von seinem Schicksal trennen, ist es unnötig, sich darüber zu verbreitern, wie wenig er auf eine Festwiese paßte. Herr Mögelin paßte auf keine Festwiese, ja er hatte, seit er den Leib seiner kümmerlichen Mutter verließ, eigentlich überhaupt nirgends mehr angepaßt. War man doch in seiner Schule froh gewesen, als er endlich nach bestandenem Abitur abging, in seiner Firma stets froh, wenn er wieder in eine andere Abteilung versetzt worden war, und schließlich bei allen unleugbaren Verdiensten Herrn Mögelins froh, daß er nun das Pensionsalter erreicht und seinen musterhaft aufgeräumten Schreibtisch einem Nachfolger überlassen hatte. Es scheint nur natürlich, daß er mit der nach Erdbeeren riechenden Jugendliebe Lydia nicht auf einen grünen Zweig kam, und ebensowenig später mit dem Fräulein aus der Buchhaltung, deren Zurückweisung Herrn Mögelin zwar traf, ihm aber zu der ihm allein angemessenen Rolle des verholzten Junggesellen verhalf. Seine Beziehung zu dem Neffen wiederum war lose, im Grunde nur standesamtlicher Natur und kann hier übergangen werden.

Der Rotor schien sehr beliebt, es herrschte Andrang dort, und viele Menschen, die bereits Eintrittskarten gelöst hatten, schoben sich auf einer mit Seilen abgeteilten, sanft ansteigenden Bahn empor, die eine Biegung machte und im Innern des hohen, hölzernen Aufbaus verschwand. Hatte Herr Mögelin anfangs gehofft, ein größerer Schub von Besuchern, ins rumorende Innere des Rotors vorgelassen, würde Luft schaffen, so mußte er bald bemerken, daß er nach den ersten Schritten nur noch langsam vorwärts kam und schließlich eingekeilt war. Es umgab ihn das, was er bisher mit einigem Erfolg geflohen war: dumpfe Menschheit, und er verzieh ihr nichts, nicht ihren schlechten Atem, ihren Achselschweiß, ihre grobe Haut, aber auch nicht die ordinäre Forschheit, die öden Scherze, mit der sie auf das Wartenmüssen reagierte, die mißglückte Gefallsucht ihrer Kleidung. Diese Leute hatten ihre Eintrittskarten bezahlt, genau wie Herr Mögelin, und das nahm ihm die Möglichkeit, sich von ihnen, in welchem Sinne auch immer, zu distanzieren. Herr Mögelin, dem es körperlich elend erging, den es unter dem Hutrand juckte und dem das Herz in den Ohren zu dröhnen begann, glaubte nicht mehr unterscheiden zu können, ob ihnen allen statt des verheißenen Amüsements nicht Unangenehmes, ja Schreckliches bevorstand, und er beschloß sein ursprüngliches Vorhaben aufzugeben, dieses Bravourstück, um einem Neffen zu imponieren.

Die Vorstellung, dem jungen Mann auf die Frage »Wie war's?« mit hoheitsvollem Verständnis Auskunft geben zu können, behagte ihm plötzlich nicht mehr. Ja, er war ein Kauz, zugegeben, aber jetzt wollte er hier heraus. Mit einer gemurmelten Entschuldigung wandte er sich um und suchte auf der abschüssigen Bahn gegen den Strom zum Ausgang zurückzukehren. Es war unmöglich. Sein Standort befand sich jetzt bereits in Höhe eines ersten, ja zweiten Stockwerks über dem Boden, und viele Hunderte von Besuchern versperrten, dicht gepackt, Herrn Mögelins Weg ins Gewohnte. Jähzorn stieg in ihm auf, erhöhte seinen Blutdruck, eine wilde Angst schlug sich dazu, so daß er sich die Lippen leckte, um den vielen zu ihm emporgerichteten Gesichtern nicht versehentlich das Schauspiel eines Mannes zu bieten, dem Schaum vorm Munde steht.

Äußerlich resigniert, innerlich über Gebühr aufgelöst, ordnete sich Herr Mögelin wieder ein, als habe er nur weiter unten einen Bekannten entdeckt. Hinter ihm wurde gelacht. Über ihn? Sah er grotesk aus? Kam es diesem Menschenhaufen gelegen, daß ihn jetzt so etwas wie eine Ohnmacht in des Wortes eigenster Bedeutung anwandelte? War die Frau dicht vor ihm, die mit den Schuppen auf dem Kragen, die sich hämisch funkelnden Blicks nach ihm umdrehte, nur zufällig hier? Stieß das junge Ding, das sich da mit albernen Ausrufen neben ihm übers Geländer neigte, ihn wirklich nur versehentlich mit der Handtasche in die Rippen?

War Herr Mögelin leichtsinnig in eine Falle gegangen? Hatten die Menschen, die er haßte und verachtete, dieses gegen sie gerichtete Gefühl irgendwo aufbewahrt und stellten es ihm nun wieder zu, da er wehrlos war? Die Frage bewegte Herrn Mögelin, den sonst so klar und nüchtern denkenden, derartig, daß er sich, ohne es recht zu bemerken, eine Strecke vorwärtsgeschoben fühlte und sich, noch immer dicht umringt, im Inneren des Baues bei künstlicher Beleuchtung auf einer Art drittem Rang wiederfand. Drunten im Abgrund, grell beleuchtet, rotierte das Innere einer übergroßen Tonne. Die Menschenschlange schob sich nun nicht mehr aufwärts, sondern abwärts, immer näher an das sich drehende Amphitheater heran. Man begann, vom Stehparkett aus das Schauspiel drunten zu genießen, und Herrn Mögelin, der sich nun nicht mehr beobachtet fühlte, wurde wohler. Er nahm den Hut ab, stellte fest, daß sein Gesicht schweißüberströmt war, wischte sich die Stirn und suchte sich auf das zu konzentrieren, um dessentwillen er ursprünglich gekommen war.

Es war nichts Erfreuliches. Schon die aus den übereinandergetürmten Rängen grinsend hervorhängenden Köpfe, gespenstisch bleich, von unten angestrahlt, waren erschreckend, aber dazu kam anderes. Es fiel Herrn Mögelin schwer, seinen Sinn für Realität zu bewahren angesichts des Schlundes im Boden, bei dem seine kurzsichtigen Augen zunächst nicht erkannten, wohin er führte. Etliche Menschen, die auf dem Grund der großen Spirale angelangt waren, wurden durch eine Tür in die große Tonne eingelassen und betraten sie verlegen und gespreizt. Die Tonne fing wieder an, sich zu drehen, der Boden sackte langsam unter den Daraufstehenden weg, während sie durch die Fliehkraft an die Wände der Tonne gepreßt wurden. Dort klebten sie, in grotesken Stellungen, zum Teil kopfunter, entwürdigt, entstellt, übergossen von den brüllenden Lachsalven der Zuschauer, und rutschten langsam, die Frauen in verschobenen Kleidern, halb entblößt, in ihrer Unterwäsche den sonntäglichen Aufputz gewissermaßen Lügen strafend und als obszön entlarvend, auf den wieder emporsteigenden Boden zurück, ein Höllensturz der Verdammten, dessen barocke Vorbilder Herr Mögelin in Galerien gesehen hatte.

So etwas taten diese hier freiwillig, sie zahlten dafür, kein Engel mit Posaune hatte sie zusammengerufen. Der Brechreiz, der Herrn Mögelin befiel, mochte mit dem Zustand seiner Herzkranzgefäße zusammenhängen, aber auch mit der Erkenntnis, daß er recht behielt, recht mit dem, was er von seinen abstoßenden und rabiaten Mitmenschen gehalten hatte. Seltsam war nur, daß dieses Rechtbehalten ihm das Innere mit einem immer dröhnenderen Schmerz zerriß. Der Abgrund mit dem öffentlich verhöhnten Menschenbild, dem er nun schon ganz nahe gerückt war, verschwamm vor seinem Blick: eine Summierung aller Schrecken, deren man bei Menschen gewärtig sein mußte.

Er dachte nicht einmal mehr an Flucht, vielmehr mühte er sich mit großer Kraft, irgendwie zu äußern, daß er die allgemeine Heiterkeit, die johlende, schenkelklatschende Zustimmung zu diesem fürchterlichen Geschehen nicht teile.

Vielleicht streckte er noch die Hand aus und berührte einen vor ihm Stehenden. »Ja, ja, wir kommen alle dran«, sagte der Mann etwas ungehalten, ohne sich des Gewichts seiner Prophezeiung bewußt zu sein, trat durch die Öffnung in den zum Stillstand gekommenen Belustigungspranger und übersah, daß Herr Mögelin hinter ihm zusammenbrach und zu Boden ging wie ein Bündel Kleider. »Öha«, sagten die Umstehenden. Es gab einen kleinen Aufenthalt, bis sich zwei Leute fanden, denen es auf ein paar Minuten nicht ankam, wenn es galt, eine Sensation mit einer anderen zu vertauschen, und die ihn zum unteren Ausgang trugen.

Was dem durch Abneigungen und Hemmungen verkrampften Herrn Mögelin nie geglückt wäre, brachte der Bewußtlose mühelos zustande: es öffnete sich ihm eine Gasse, und er war beinahe sofort in einem mit Zeltbahn abgeteilten Nebenverschlag des Kassenraums untergebracht. Die eine Seite war nicht zugezogen, und man blickte in die Eingeweide und Verstrebungen angrenzender Karussells, über denen ein Rest erbssuppenfarbener Himmel hing. Als Herr Mögelin zu sich kam, hätte es seiner überdurchschnittlichen medizinischen Kenntnisse nicht bedurft, um ihm klarzumachen, daß die seitlich geraffte Zeltleinwand über den fettigen Stangen etwas sehr Wichtiges und lang Gefürchtetes umrahmte. Das Tor nämlich, durch das wir alle am Ende gehen müssen.

Herrn Mögelins Blick irrte angstvoll den nacheinander aufleuchtenden bunten Lämpchen am oberen Rand der Schiffschaukel nach, um Trost zu finden. Eine ältere Frau beugte sich über ihn und griff nach seiner Hand. »Bleiben Sie ganz ruhig«, sagte sie, »der Arzt kommt gleich. Wie fühlen Sie sich?« Sekundenlang meinte Herr Mögelin, es sei seine Putzfrau, sie kam ihm so bekannt vor. Dann glaubte er zu entdecken, daß sie nicht nur ihm, Karl August Mögelin, ähnlich sah, sondern auch der hämisch blickenden Frau aus dem Rotor, die er andauernd vor sich gehabt hatte, wohl schon länger, schon von früher her, schon immer. Er hörte sie sprechen und verstand kein Wort. Dennoch meinte er, etwas von großer Bedeutung zu erfahren, fühlte sich gepackt von einer allem zugrunde liegenden Wahrheit und vergaß ganz, sich zu ängstigen. Es ist nicht undenkbar, daß er die Frau anlächelte, die seine Hand so behutsam hielt wie eine Kostbarkeit.

Wenn der Fisch, vom stählernen Haken seinem Element entrissen und in ein Unbekanntes emporgezogen, noch einmal einen Überblick über das gewinnt, was er verläßt, so war es vielleicht auch Herrn Mögelin vergönnt, in letzter Minute, denn nur so viel Zeit blieb ihm, einen lebenslangen Irrtum zu berichtigen. Das letzte Bild löschte, so dürfen wir hoffen, alle vorhergehenden aus. Die Hand, an der er sich am Ende festhalten konnte, ermöglichte ihm, zu verzeihen und, was noch wichtiger ist, Verzeihung zu erbitten. Wenn die Erkenntnis ihn noch erreichte, ist es demgegenüber unwesentlich, daß der Arzt auf der Sanitätswache erst gesucht werden mußte und zu spät kam. Ihm blieb nichts zu tun, als Herrn Mögelin die Augen zuzudrücken und den Neffen zu benachrichtigen.

In der gleichen augenfreundlichen Schrift
bei dtv erschienen:

Viele schöne Tage

Ein Lesebuch

Zusammengestellt von Helga Dick
und Lutz-W. Wolff
ISBN 3-423-**25126**-3

Vierzehn ungewöhnliche Erzählungen von Madison Smartt Bell, Heimito von Doderer, Barbara Frischmuth, Peter Härtling, Marlen Haushofer, Franz Hohler, Hanna Johansen, Marie Luise Kaschnitz, Roland Koch, Siegfried Lenz, Margriet de Moor, Isabella Nadolny, Herbert Rosendorfer und Christa Wolf.

In der gleichen augenfreundlichen Schrift bei dtv erschienen:

Lach doch wieder!

Geschichten, Anekdoten,
Gedichte und Witze

Zusammengestellt von
Helga Dick und Lutz-W. Wolff
ISBN 3-423-25137-9

Lachen und Weinen gehören zusammen, und ein bißchen Galgenhumor ist allemal besser als Selbstmitleid und Verzweiflung. Es geht uns besser, wenn wir zu den Dingen und zu uns selbst etwas Distanz haben, das zeigen Peter Bamm, Erma Bombeck, Ilse Gräfin von Bredow, Art Buchwald, Sinasi Dikmen, Trude Egger, Lisa Fitz, Axel Hacke, Ursula Haucke, Johann Peter Hebel, Elke Heidenreich, Inge Helm, Irmgard Keun, Siegfried Lenz, Christian Morgenstern, Christine Nöstlinger, Alexander Roda Roda, Herbert Rosendorfer, Eugen Roth, Hans Scheibner, Michail Sostschenko, Phyllis Theroux, Ludwig Thoma und Kurt Tucholsky.

Isabella Nadolny im dtv

»Isabella Nadolny ist eine Moralistin der Lebensweisheit, eine Herzdame der Literatur.«
Albert von Schirnding

Ein Baum wächst übers Dach
Roman
ISBN 3-423-01531-4
Ein Sommerhaus an einem der oberbayrischen Seen zu besitzen – dieser Traum wurde für die Familie der jungen Isabella in den dreißiger Jahren wahr. Wer hätte damals gedacht, daß dieses kleine Holzhäuschen eines Tages eine schicksalhafte Rolle im Leben seiner Besitzer spielen würde?

Seehamer Tagebuch
dtv großdruck
ISBN 3-423-02580-8

Providence und zurück
Roman
ISBN 3-423-11392-8
»Zuhause ist kein Ort, zuhause ist ein Mensch, sagt der Spruch, und es ist wahr. Hier in diesem Sommerhaus war kein Zuhause mehr seit Michaels Tod ...« In ihrer Verzweiflung folgt Isabella Nadolny einer Einladung in die Staaten. Von New York über Boston bis Florida führt sie diese Reise zurück zu sich selbst.

Vergangen wie ein Rauch
Geschichte einer Familie
dtv großdruck
ISBN 3-423-25167-0
Als einfacher Handwerker aus dem Rheinland ist er einst zu Fuß nach Rußland gewandert und hat es dort zum Tuchfabrikanten gebracht, in dessen Haus Großfürsten, Handelsherren und der deutsche Kaiser zu Gast waren: Napoleon Peltzer, der Urgroßvater des Kindes, das ahnungslos die Porträts und Fotografien betrachtet, die in der Wohnung in München hängen.

Der schönste Tag
Geschichten
dtv großdruck
ISBN 3-423-25191-3
Elf Geschichten von Jugend, Liebe, Alter und Tod – elf sprachliche Meisterwerke.
»Isabella Nadolny besitzt die Kunst, ihre Erzählungen in ganz alltägliche Ereignisse einzupflanzen, sie blühen dann auf, nehmen zu an Bedeutung und Gehalt.« (Ruhrwort)